Die Entwicklung Ihres Kindes

urania

100 Elternfragen

Gerda Pighin

Die Entwicklung Ihres Kindes

Impressum

Gerda Pighin beschäftigt sich seit über 25 Jahren mit Fragen der Kinderentwicklung und -erziehung, Psychologie und Gesundheit. Als freie Journalistin schreibt sie für Eltern- und Frauenzeitschriften und hat bereits mehrere erfolgreiche Ratgeber zu diesen Themen veröffentlicht.

Die im Buch veröffentlichten Ratschläge wurden von der Verfasserin sorgfältig erarbeitet und geprüft. Eine Garantie kann dennoch nicht übernommen werden, ebenso ist eine Haftung der Verfasserin bzw. des Verlages und seiner Beauftragten für Personen-, Sach- und Vermögensschäden ausgeschlossen.

Bibliografische Information der Deutschen Bibliothek:
Die Deutsche Bibliothek verzeichnet diese Publikation in der Deutschen Nationalbibliografie; detaillierte bibliografische Daten sind im Internet über http://dnb.ddb.de abrufbar.

Postfach 80 06 69, 70506 Stuttgart

www.urania-verlag.de

Umschlaggestaltung: Behrend & Buchholz, Hamburg
Titelfoto: Bananastock „Baby's Path“
Illustrationen: Archiv Atelier Seidel; Seite 43, 56, 59, 63, 71: Beate Brömse, München
Redaktion: Holger Vornholt, Köln
Layout und Satz: Atelier Seidel – Verlagsgrafik, Teising
Druck: Westermann Druck Zwickau
Printed in Germany

ISBN 978-3-7831-6179-3

Inhalt

Vorwort

Liebe Eltern,

kann mein Baby wirklich gut hören? Warum mag unsere Tochter nicht malen? Wann lernt ein Kind endlich Tischmanieren?
Im Alltag mit kleinen Kindern tauchen für Mütter und Väter fast täglich neue Fragen auf, vor allem darüber, ob sich das Kind optimal entwickelt. Eltern wollen nichts falsch machen oder versäumen. Sie möchten ihrem Kind alles Wichtige mitgeben, was es für eine gesunde Entwicklung braucht. Die meisten Mütter und Väter wissen heute, dass man so einen Winzling nicht überfordern darf, dass ein Kind aber andererseits möglichst viele Anregungen – seinem Alter angemessen – braucht, um alle seine Fähigkeiten optimal auszubilden.
Was also ist richtig? Wann sollte ein Kind was können? Was bietet man ihm in welchem Alter am besten als Spiel an, damit alle seine Fähigkeiten trainiert werden? Soll man einfach abwarten, bis bestimmte Dinge von alleine kommen, oder muss man nachhelfen? Wann verläuft die Entwicklung normal, welche Zeichen sind ein Grund zur Sorge? Fragen über Fragen.
In diesem Buch sind die 100 häufigsten Elternfragen zur Entwicklung von Kindern zwischen 0 und 6 Jahren zusammengefasst.
Die meisten Fragen betreffen das Baby- und Kleinkindalter. Je kleiner der Nachwuchs, umso unsicherer fühlen sich Eltern. Doch das ist es nicht allein, denn je jünger ein Kind ist, umso gravierender sind auch Versäumnisse, umso wichtiger ist der optimale Umgang, die optimale Förderung.

Entwicklungsforscher wissen heute, dass es für alle Fähigkeiten, die ein Kind erwirbt, bestimmte Zeitfenster gibt, in denen es diese Fähigkeiten ganz besonders leicht lernen kann. Deshalb ist es ideal, wenn es genau zum richtigen Zeitpunkt die richtige Förderung angeboten bekommt. So lernen Kinder etwa im Alter von einem Jahr das Stehen, zwischen vier und fünf Jahren lernen sie mühelos ein einfaches Musikinstrument zu spielen oder Fahrrad zu fahren. Während der gesamten ersten Lebensjahre wird Sprache (und zwar jede) sehr leicht aufgenommen.

Nun heißt dies natürlich nicht, dass ein Kind dann schon automatisch ein Defizit hat, wenn ein Zeitfenster verpasst wurde, doch wird es mehr Mühe und häufigeres Üben aufwenden müssen, um eine solche Fähigkeit zu erlernen.

Das Buch soll deshalb allen Eltern helfen, ihrem Kind zur richtigen Zeit immer das Richtige anzubieten und es so optimal zu fördern.

Gerda Pighin

Die Entwicklung des Babys

? Unsere Tochter ist jetzt neun Wochen alt. Müsste sie nicht schon den Kopf alleine halten können?

Das ist noch zu früh, deshalb sollten Sie das Köpfchen beim Hochnehmen und Tragen auch weiterhin abstützen. Der Kopf eines Säuglings ist ja im Verhältnis zum Körper ziemlich schwer, und es bedarf einiger Muskelarbeit, ihn gut und sicher zu halten. Babys können zwar bereits mit ca. vier Wochen aus der Bauchlage den Kopf für kurze Zeit anheben, doch bis die Muskulatur so kräftig ist, dass sie ihn immer unter Kontrolle haben, vergehen rund fünf bis sechs Monate. In dieser Zeit trainiert Ihre Kleine mit jeder Bewegung und jedem Strampeln unablässig ihre Muskeln. Die Hals-, Nacken-, Schulter- und Rückenmuskulatur wird am meisten in der Bauchlage beansprucht. Lassen Sie Ihre Tochter also auf dem Bauch liegen, wenn sie wach ist und Sie in der Nähe sind. Schlafen sollte die Kleine auf dem Rücken oder auf der Seite.

? Mein Baby ist vier Monate alt und steht mit Begeisterung auf seinen Füßen, wenn ich es halte. Darf es das?

Sicher, das macht vielen Babys großen Spaß. Damit trainieren sie ihre Beinmuskeln. Natürlich müssen Sie Ihr Baby nicht extra auf die Füße stellen, denn die Beinmuskulatur wird auch beim Strampeln wunderbar und ausreichend trainiert. Vermutlich haben Sie ohnehin schon beobachtet, dass Ihr Kleines nach kurzer Zeit des

Stehens wieder einknickt. Das bedeutet, dass die Kraft nachgelassen hat. Dann sollten Sie es auch wieder im Arm halten oder hinlegen.

? Mein Kleines ist fünf Monate alt, ziemlich viel wach und an allem interessiert, was rundum passiert. Kann ich es mit einem Kissen im Rücken sitzen lassen, damit es mehr mitbekommt?

Sitzt Ihr Kind mit Unterstützung schon recht stabil und hält es dabei den Rücken gerade, können Sie es auch mal ein paar Minuten „abgestützt" sitzen lassen, aber wirklich nur sehr kurz. Sackt es zusammen, sollte es sofort wieder hingelegt werden. Um die Entwicklung von Muskeln, Bändern, Gelenken und Knochen anzuregen, sollte Ihr Kleines jedoch möglichst wenig gestützt werden,

Der Schreitreflex

Neugeborene haben den Schreitreflex. Sobald man ihre Füße auf eine Unterlage stellt, „gehen" sie los. Dieser Reflex gehört zu den Neugeborenenreflexen – Saugen, Atmen, Schlucken, Greifen, Klammern, Blinzeln –, mit denen jedes Baby zur Welt kommt. Die meisten dieser Reflexe verschwinden in den ersten sechs Lebensmonaten wieder. Nur der Atem-, der Blinzel- und der Schluckreflex bleiben das ganze Leben lang erhalten.

sondern sich frei bewegen können – etwa auf einer Decke am Boden. Besonders ungünstig ist ein längerer Aufenthalt in einer so genannten Babywippe oder in einer Babyschale fürs Auto, auch wenn es dem Baby scheinbar Spaß macht. Doch darin ist die Bewegung stark eingeschränkt. Weder die Muskulatur noch neue Bewegungsabläufe können in dieser Zwangshaltung trainiert werden. Das wirkt sich negativ auf die gesamte Entwicklung aus. Deshalb: Je freier sich Ihr Baby bewegen kann, umso besser wird es lernen, alleine zu sitzen. Das hat aber noch Zeit. Mit etwa sieben Monaten sollte es sich vom Bauch auf den Rücken rollen, mit acht bis neun Monaten einige Minuten frei sitzen, wenn es hingesetzt wird, und erst mit rund zehn Monaten wird es sich alleine aufsetzen.

? Unsere Tochter ist elf Monate alt und zieht sich schon an Möbeln zum Stehen hoch. Sie ist aber noch nie gekrabbelt. Ist das bedenklich?

Wahrscheinlich hat es weiter keine Bedeutung, dass Ihre Tochter noch nicht krabbelt. Die Entwicklung eines Kindes folgt zwar gewissen Gesetzen und Regelmäßigkeiten, doch jedes Kind hat sein eigenes Tempo, und gerade bei der motorischen Entwicklung gibt es große Unterschiede. Viele Kinder krabbeln nicht oder nur so kurz und so wenig, dass es den Eltern gar nicht auffällt. Oft robben sie zunächst, und manche ziehen sich aus dieser Lage schon mal zum Stehen hoch. Krabbeln und Aufstehen können zeitlich Hand in Hand gehen. Da das

Krabbeln recht anstrengend und die Umwelt vom aufrechten Stand aus viel besser zu überblicken ist, ziehen die Kleinen das Robben und Aufstehen häufig vor. Wichtig ist, dass Ihr Baby viel Interesse an der Fortbewegung zeigt und dass es von Ihnen dazu ermuntert wird. Am besten räumen Sie also alle gefährlichen und wertvollen Dinge aus dem Weg, sichern die Steckdosen und erklären die Wohnung für Ihr Kind zum Entdeckergebiet. Dann kann es seine Bewegungsfähigkeit optimal entfalten. Das nützt auch der geistigen Entwicklung, denn jede Bewegung führt zu neuen Nervenverschaltungen im Gehirn.

? Seit ungefähr zwei Wochen ist unser Kleiner – er ist sieben Monate alt – sehr unruhig und er sabbert so sehr, dass ich ihn mehrmals am Tag frisch anziehen muss. Bekommt er Zähne?

Ziemlich sicher ist bald der erste Zahn zu erwarten. Manche Kinder und ihre Eltern bekommen davon kaum etwas mit, andere durchleben eine gewisse Leidenszeit. Die durchbrechenden Zähne können Spannungsgefühle und sogar (meist leichte) Schmerzen im Kiefer des Kindes auslösen. Das ist unangenehm, macht das Kleine unruhig und lässt manche Kinder auch nachts nicht gut schlafen. Vermehrter Speichelfluss ist typisch für die Zeit des Zahndurchbruchs. Sie können Ihrem Kind helfen, indem Sie ihm etwas Hartes zum Kauen anbieten, zum Beispiel einen Beißring. Das nimmt die Spannung. Übrigens: Manche Kinder bekommen während der Zahnungszeit öfter Fieber oder Durchfall oder sind ständig erkältet. Das liegt allerdings nicht an den Zähnen, wie lange Zeit angenommen wurde. Vielmehr lässt in diesem Alter der so genannte Nestschutz nach – die Immunität gegen Infektionen, die das Baby aus dem Mutterleib und durchs Stillen mitbekommen hat. Außerdem wird das Kind mobiler und steckt alles in den Mund, was es erwischen kann. Dadurch holt es sich schneller mal einen Erreger, den sein Immunsystem „bearbeiten" muss.

In dieser Reihenfolge kommen die Zähne

Das Milchgebiss hat 20 Zähne. Diese brechen bei fast allen Kindern in der gleichen Reihenfolge durch. Der Zeitpunkt kann aber stark variieren, bis zu sechs Monate Unterschied sind normal. Zwischen dem fünften und achten Lebensmonat geht es los: Zuerst erscheinen die beiden Schneidezähne in der Mitte unten, dann die in der Mitte oben. Danach links und rechts davon die Schneidezähne – erst oben, dann unten. Dann bleibt eine Lücke, und die ersten Backenzähne erscheinen – unten zuerst, danach oben. Schließlich setzen sich die Eckzähne in die Lücken, und als Letztes kommen die hinteren Backenzähne. Das Ganze dauert, bis das Kind rund zweieinhalb Jahre alt ist.

? Krabbeln, sitzen, hochziehen, an der Hand gehen – alles das kann unser Kind. Aber sobald ich es loslasse, sitzt es auf dem Hosenboden. Der Kleine ist schon 17 Monate alt. Wann läuft er endlich alleine?

Das wird sicher nicht mehr lange dauern. Wie bei den meisten Entwicklungsschritten, gibt es auch beim Laufenlernen große individuelle Unterschiede. Manche Kinder laufen schon mit zwölf Monaten oder sogar noch früher. Andere lassen sich deutlich länger Zeit. Mit 20 Monaten können über 90 Prozent aller Kinder alleine laufen. Davor bewegen sie sich gern an Möbeln entlang – mit seitlichen Schritten. Noch lieber ist es ihnen, von Mutter und Vater an den Händen geführt zu werden. Ist dann der erste freihändige Schritt geglückt, kann das Erstaunen darüber beim Kind so groß sein, dass es sich zuerst einmal wieder hinsetzt und möglicherweise sogar nochmal ins Krabbeln zurückfällt. Doch nach

Tipp

Jedes Kind lernt laufen, das ist ein genetisches Programm. Die beste Unterstützung: dem Kleinen möglichst viel Bewegungsfreiheit lassen und gefährliche Dinge aus dem Weg räumen. Von so genannten Geh- oder Lauflernhilfen raten Experten dagegen ab. Die Geräte sind unnötig und unfallträchtig. Das Kind sitzt darin, die Bewegungsabläufe und der Gleichgewichtssinn werden nicht trainiert.

kurzer Zeit wird es wieder weiterüben, aufstehen, mit Festhalten gehen – und schließlich fröhlich ganz alleine losmarschieren.

? Mein Baby ist vier Wochen alt und ich lege es zum Schlafen auf den Rücken. Nun sagte mir eine Freundin, in Bauchlage würde es sich besser entwickeln. Stimmt das?

Es ist völlig richtig, dass Sie Ihr Baby zum Schlafen auf den Rücken legen. Sie können es wechselweise auch auf die Seite legen. Zum Schlafen wird von der Bauchlage aber abgeraten, denn möglicherweise kann dies zum Plötzlichen Kindstod beitragen. Das sind allerdings rein statistische Erkenntnisse. Genaue Erklärungen gibt es bis heute nicht. Der Plötzliche Kindstod (SIDS) ist ein Phänomen, das Eltern sehr besorgt und ängstigt, denn dabei versterben Kinder – meist in den ersten sechs Lebensmonaten – ohne erkennbaren Grund. Obwohl bisher niemand dieses Phänomen genau erklären kann, so wurden doch einige Risikofaktoren erkannt, bei deren Vermeidung die Gefahr deutlich verringert wird. Das sind neben dem Schlafen in Bauchlage, wenn die Eltern rauchen, insbesondere die Mutter, wenn das Baby nicht gestillt wird, im Schlaf zu warm angezogen ist und wenn die Mutter jünger als 21 Jahre ist. Mütterliches Rauchen und die Bauchlage beim Schlafen haben sich dabei als besonders riskant erwiesen. Seit durch große Aufklärungskampagnen diese Risikofaktoren bekannt geworden und dadurch, so weit möglich, vermieden worden sind, ist die Zahl der betroffenen Säuglinge auf ein Drittel gesunken – 367 waren insgesamt im Jahr 2003 betroffen.

Ist Ihr Baby wach und sind Sie in seiner Nähe, ist die Bauchlage jedoch positiv, denn in dieser Position kann das Kleine sein Köpfchen schon früh – zumindest für ein paar Sekunden – heben und die Ärmchen ein wenig aufstützen. Es sieht mehr, trainiert die Nacken- und Rückenmuskeln, dies unterstützt die Entwicklung. Aber, wie gesagt: Legen Sie Ihr Baby nur dann auf den Bauch, wenn es wach ist, wenn es das mag und wenn Sie dabei sind.

So entwickelt sich das Greifen

- Drei bis vier Monate: Der eigenen Hand wird nachgeschaut, und sie wird ergriffen.
- Vier bis sieben Monate: Beide Hände ergreifen einen Gegenstand. Die Auge-Hand-Koordination verbessert sich immer mehr. Am Schluss wird ein Gegenstand schon mit einer Hand ergriffen.
- Sieben bis neun Monate: Gegenstände werden mit allen fünf Fingern ergriffen, ohne die Hilfe der Handfläche.
- Neun bis elf Monate: Kleine Gegenstände, zum Beispiel Nüsse oder Knöpfe, werden zwischen gestrecktem Zeigefinger und Daumen gegriffen – mit dem so genannten Pinzettengriff.
- Ab elf Monaten: Der Zangengriff bildet sich aus. Der Zeigefinger, später auch der Daumen, wird gekrümmt. Damit können kleine Gegenstände gegriffen werden, so wie wir Erwachsene das auch machen.

Halte ich meiner knapp vier Monate alten Tochter ein Spielzeug hin, lacht sie zwar und „winkt" mit der Hand, nimmt aber das Spielzeug nicht. Ist das normal?

Ja, Ihre Tochter verhält sich völlig normal, aber es wird sicher nicht mehr lange dauern, bis sie gezielt nach dem Spielzeug greift, denn das können Babys etwa ab dem vierten Lebensmonat. Zwar halten Babys auch früher schon Sachen fest, die man ihnen in die Hand gibt, aber das ist ein Reflex, mit dem sie geboren werden. Um gezielt zu greifen, sind besondere Fähigkeiten notwendig: Das Baby muss den Gegenstand sehen, die Hände gezielt danach bewegen, ihn festhalten und wieder loslassen können. Es muss also eine Koordination zwischen Auge und Hand ablaufen. Geübt hat Ihr Kleines dies schon länger – als es nämlich seine eigenen Hände vors Gesicht gehoben, sie gedreht und betrachtet und mit einer Hand die andere angefasst hat. Damit beginnen die meisten Kinder etwa im Alter von drei Monaten.

Können wir unsere zehn Monate alte Tochter schon aus der Tasse trinken lassen?

Natürlich können Sie einen Versuch wagen, wenn Ihre Tochter das gern möchte. Erwarten Sie aber bitte nicht, dass es von Anfang an klappt. Am besten nehmen Sie eine unzerbrechliche Tasse und binden Ihrer Kleinen ein großes Lätzchen um, denn es wird sicher einiges daneben gehen.

Geben Sie auch nur extrem wenig in die Tasse, dann wird die Überschwemmung nicht zu groß. Es ist sehr schön, wenn ein Kind frühzeitig und ausgiebig üben darf, was es irgendwann können will und soll.

? Ab wann darf ein Kind von unserer Mahlzeit probieren?

Etwa ab dem zehnten Lebensmonat können Sie Ihr Kind immer mal wieder kleine Portionen von Ihrem Essen probieren lassen. Ist Ihr Kleines ein unkomplizierter Esser mit problemloser Verdauung, kann das auch schon früher sein. Das frühe Probieren hat den Vorteil, dass Sie Ihr Kind langsam nach und nach an die Familienkost gewöhnen, denn nach dem ersten Geburtstag benötigt es keine Spezialnahrung mehr, wie Experten des Forschungsinstituts für Kinderernährung in Dortmund erklären. Wichtig für die Teilnahme Ihres Kindes an der Familienmahlzeit: Das Essen sollte nicht zu fett, vor allem nicht zu scharf und nicht zu salzig sein. Sobald Ihr Kind am Familientisch mitisst, sollten Sie Ihre Essgewohnheiten insgesamt überprüfen, denn Eltern und Familie üben auch beim Essen eine wesentliche Vorbildfunktion aus. Da wir ja Lebensmittel im Überfluss zur Verfügung haben – und dies auch noch zu sehr günstigen Preisen –, müssen wir uns über die Ernährung vor allem der Kinder immer mehr Gedanken machen. Wir sind alle von gesundheitsschädlichem Übergewicht

Tipp

Kinder werden dann zu unproblematischen Essern, wenn sie schon früh am Familientisch sitzen und bei den Familienmahlzeiten dabei sein dürfen. Natürlich spielt hier auch das Vorbild der Eltern und Geschwister eine große Rolle.

bedroht – mittlerweile auch schon Kinder. Das Deutsche Forschungsinstitut für Kinderernährung in Dortmund empfiehlt deshalb schon seit geraumer Zeit eine „optimierte Mischkost" für kleine Kinder. Der Übergang von der Babyernährung findet am Ende des ersten Lebensjahres und in den ersten Monaten des zweiten Lebensjahres statt. Spätestens mit zwei bis zweieinhalb Jahren sollte jedes Kind ganz normal am Familientisch mitessen. Optimierte Mischkost heißt: Vollwert-Lebensmittel, die alle Nährstoffe in ausreichender Menge enthalten. Dies sind meist Lebensmittel, die Kindern schmecken und trotzdem einfach, schnell und preiswert zu haben sind. Extras, wie Süßigkeiten, mal ein paar Kekse oder ein Stück Kuchen, gehören – in geringen Mengen – dazu. Wichtig sind aber vor allem reichlich Obst, Gemüse und Getreideprodukte, Milch und Milchprodukte (Käse, Jogurt) sowie reichlich Getränke (am besten ungezuckert!). Dazu gibt es ein- bis zweimal pro Woche Fisch und Fleisch. Achten Sie darauf, dass die Speisen insgesamt wenig Fett enthalten.

? Unsere Tochter sitzt mit ihren elf Monaten immer bei uns am Tisch und darf auch schon mal probieren. Neuerdings möchte sie unbedingt immer meine Gabel und mein Messer benutzen. Kann sie das schon haben?

Sie können Ihrer Tochter ohne weiteres ein Erwachsenen-Besteck geben. Allerdings sollte das Messer nicht scharf sein, und Sie sollten sie nicht unbeobachtet mit Messer und Gabel spielen lassen. Bei Tisch hat Ihre Kleine aber die gute Möglichkeit, schon früh ihre Fähigkeiten zu trainieren, wenn sie mit dem Besteck hantieren darf. Sie lernt, wozu Messer, Gabel und Löffel benutzt werden und wie. Später erleichtert ihr das den Umgang damit. Erwarten Sie aber bitte nicht, dass Ihre Tochter schon jetzt den perfekten Umgang lernen kann. Dazu ist sie von ihrer motorischen Entwicklung her noch nicht in der Lage.

? Ich bin manchmal richtig unsicher, ob unser sechs Wochen altes Baby gut hört. Kann ich das selbst testen?

Ja, das sollten Sie auch, um eventuelle Hörstörungen möglichst frühzeitig zu erkennen. Klappern Sie mit dem Schlüsselbund oder machen Sie Geräusche mit einem Spielzeug – aber so, dass Ihr Baby es nicht sehen kann. Reagiert es auf das Geräusch, zum Beispiel, indem es die Augen aufreißt, zuckt oder strampelt, dann hört es gut. Bleiben bei Ihnen allerdings auch nur kleinste Zweifel zurück, gehen Sie zum Kinderarzt. Er kann Ihr Kind an Spezialisten oder eine Spezialabteilung in einer Klinik überweisen, wo das Gehör des Babys genau gemessen wird (Säuglings-Audiometrie). Das ist völlig schmerzfrei und sehr genau. Ein gutes Gehör ist die unabdingbare Voraussetzung dafür, dass ein Kind sprechen lernt.

? In welche Richtung soll meine zehn Monate alte Tochter im Sportwagen sitzen – besser zu mir oder zur Straße, damit sie mehr sieht?

Dafür gibt es keine allgemein gültige Regel. Sicher wird ein Kind in seiner Entwicklung gefördert, wenn es zahlreiche Anregungen

So entwickelt sich das Gehör

Bereits drei Monate vor der Geburt kann ein Baby im Mutterleib hören. Sobald es auf der Welt ist, sind menschliche Stimmen seine Lieblingsgeräusche. Es empfindet tiefe Töne als angenehmer als hohe. Das liegt daran, dass die Schallempfindlichkeit genau dafür am besten entwickelt ist. Die Schallempfindlichkeit ist in den ersten Wochen etwas niedriger als bei Erwachsenen – vermutlich, um Erschrecken oder Reizüberflutung zu vermeiden. Ab dem dritten Monat dreht das Baby schon Augen oder Kopf in die Richtung, aus der Geräusche kommen. Untersuchungen haben gezeigt, dass die Schallempfindlichkeit – also die Fähigkeit, von ganz tiefen bis ganz hohen Tönen möglichst viel wahrzunehmen – bis zum 13. Lebensjahr beständig zunimmt. Danach nimmt sie wieder ab.

bekommt. Allerdings kann zu viel auf einmal auch das Gegenteil bewirken, das Kind eher bremsen als vorwärts bringen. Bei der Sitzrichtung im Sportwagen kommt es auf verschiedene Dinge an: Wo fahren Sie mit Ihrer Tochter? Im Großstadtbetrieb kann es laut und hektisch sein. Da fühlen sich viele Kinder wohler, wenn sie im Blickkontakt mit einem Elternteil geborgen sind. Ist Ihr Kind müde oder munter? Fahren Sie nach dem Mittagsschlaf aus, ist das Erleben der Umwelt vermutlich ganz spannend für Ihre Kleine. Ist sie dagegen müde, möchte sie lieber nicht „überflutet“ werden. Welches Temperament hat Ihre Kleine? Aufgeschlossene, robuste Kinder finden es oft ganz schön, „allein“ (denn sie können den schiebenden Elternteil nicht sehen) durch die Gegend zu fahren und Neues zu entdecken, während empfindlichere Kinder sich meist sicherer fühlen, wenn Mami oder Papi im Blickfeld ist. Schließlich spielt auch das Alter des Kindes eine Rolle. Als Faustregel kann man annehmen: Je jünger ein Kind ist, umso weniger Abwechslung braucht es. Mit zehn Monaten ist es für Ihre Tochter möglicherweise besser, wenn sie beim Ausfahren in Ihre Richtung schaut.

? Meine Mutter behauptet, Neugeborene können noch nichts sehen. Stimmt das?

Nein. Diese lange Zeit gültige Meinung konnte von der Wissenschaft widerlegt werden. Wie alle anderen Sinne, so ist auch der Gesichtssinn bereits bei der Geburt voll ausgebildet, aber noch nicht ganz reif. Zudem ist Sehen im Sinne von Wahrnehmen ein sehr komplexer Vorgang bzw. sogar eine ganze Reihe unterschiedlicher Vorgänge, an denen das Gehirn maßgeblich beteiligt ist. Die Sehfähigkeit reift in den ersten fünf bis sechs Lebensjahren. Ein Neugeborenes nimmt direkt nach der Geburt bereits Helligkeitsunterschiede wahr. Es sieht in einem Abstand von 20 Zentimetern scharf – das ist der Abstand zwischen den Gesichtern, wenn Eltern mit ihrem Säugling sprechen. Mit zwei Tagen folgt das Kleine bereits mit den Augen dem Gesicht von Mutter oder Vater. Mit zwei Monaten kann das Baby mehrere Farben unterscheiden – Farben zu benennen, lernt es allerdings meist erst im Kindergartenalter. Auch die Sehschärfe entwickelt sich vermutlich viel schneller, als lange Zeit angenommen wurde. Ein sieben Tage alter Säugling soll bereits ein Achtel der Sehschärfe eines Erwachsenen besitzen.

? Regelrechte Lachsalven ernte ich bei meiner sechs Monate alten Tochter, wenn ich mein Gesicht verstecke und wieder hervorkomme. Sie kriegt einfach nicht mehr genug davon. Wie kommt das?

Beim Suchen und Verstecken lernt und übt ein Kind die Erkenntnis, dass Dinge, die man nicht sieht, trotzdem da sein können. Mit fünf, sechs Monaten fängt es bei den meisten Babys an, dass sie vor Spannung erstarren, wenn die Mutter zum Beispiel die Hände oder ein Tuch vors Gesicht nimmt. „Ist sie noch da?“, scheint sich das Kleine zu fragen. Die Spannung weicht einem erleichterten Lachen, sobald das Gesicht wieder auftaucht. Dass Ihre Tochter das Spiel immer und immer wieder haben will, hängt eben-

Tipp

Verstecken Sie nicht nur Ihr Gesicht, lassen Sie gelegentlich auch mal Spielzeug verschwinden und zaubern Sie es wieder hervor. Das Kleine darf übrigens ruhig zusehen, wenn Sie das Spielzeug hinter ein Kissen stecken oder unter ein Tuch. Es wird trotzdem begeistert sein, wenn es wieder auftaucht. Erst mit zunehmendem Alter kann es dann auch selbst etwas verstecken und noch später wird es Dinge wieder finden, von denen es nicht weiß, wo sie versteckt sind.

falls mit ihrer Entwicklung zusammen. Durch die häufige Wiederholung werden entsprechende Verknüpfungen im Gehirn sozusagen „fest verdrahtet".

? Warum wandert bei unserem Kleinen einfach alles in den Mund?

Das ist bei allen Babys so. Die Kleinen sind unendlich neugierig, wollen alles aus ihrer Umgebung kennen lernen, mit den Sinnen erfassen und genau untersuchen. Schließlich ist für so ein kleines Kind ja alles neu. Die besten und klarsten Informationen erhalten Babys im ersten Lebensjahr über den Tastsinn. Der befindet sich in der Haut und im Mund. Dort sitzen auf Lippen und Zunge ganz besonders viele Tastzellen. Über sie erhält das Baby ganz schnell Informationen, ob ein Gegenstand hart oder weich, groß oder klein, rau oder glatt, heiß oder kalt, süß oder sauer ist. Für die geistige Entwicklung und die Entwicklung der Sinne ist es sogar wichtig, dass das Baby viel mit dem Mund erforschen darf. Deshalb sollten Sie darauf achten, dass Ihr Kleines möglichst nur an Sachen herankommt, die es gefahrlos mit dem Mund untersuchen kann, also nicht an zu kleine Gegenstände, die es verschlucken könnte, und natürlich an nichts Spitzes, Scharfes oder Giftiges. Gutes Babyspiel-

zeug ist deshalb auch immer farb- und speichelfest. Es können sich davon keine Splitter, Farben oder Chemikalien lösen, wenn das Kind damit spielt – es also im Mund hat.

? Braucht ein Baby mit vier Monaten schon Spielzeug?

Das schönste „Spielzeug" für einen Säugling ist das Gesicht von Mutter und Vater. Da kann es Mimik und Grimassen nachahmen, es hört Töne, wenn mit ihm gesprochen wird, es spürt warme Haut, wenn es dagegen patscht oder wenn die Eltern seine Händchen nehmen und damit ihr Gesicht berühren.

Viel mehr braucht ein Kind in diesem Alter nicht, vielleicht noch ein Mobile über dem Bett, eine Spieluhr mit einer sanften Melodie, ein weiches Stoffpüppchen, eine Rassel oder einen Greifring. Damit werden seine Sinne angeregt und seine Entwicklung gefördert.

? Gebe ich meiner neun Monate alten Tochter ein Spielzeug ins Bett oder in den Kinderwagen, wirft sie es sofort wieder raus – will sie mich ärgern?

Auf keinen Fall will Ihre Tochter Sie ärgern. Das kann ein Kind in diesem Alter noch gar nicht. Ihre Kleine lernt jetzt vielmehr das Prinzip von Ursache und Wirkung kennen: „Was passiert, wenn ich ein Spielzeug fallen lasse? Es macht ein Geräusch. Es ist immer noch da, obwohl ich es nicht mehr erreichen kann. Ich kann es trotzdem noch sehen. Mama gibt es mir wieder. Gleich noch mal werfen. Ob es mir Mama wiedergibt? Damit ich gleich noch mal werfen kann? Ich muss doch sicher sein, was dann geschieht!"

So etwas in der Art mag im Kopf eines Babys vorgehen, wenn es Vater oder Mutter zum Wahnsinn treibt, weil es seine Spielsachen immer wieder aus dem Bett, vom Tisch oder aus dem Kinderwagen wirft. Es muss das immer und immer wieder tun, denn nur durch die beständige Wiederholung kann es sicher lernen, dass eine Handlung auch Folgen hat.

Tipp

Machen Sie ein Spiel daraus. Werfen Sie ein paar Spielsachen zu Ihrem Kind ins Bett und warten Sie, bis es alle wieder heraus geworfen hat. Dann heben Sie alles wieder auf und werfen es wieder hinein – aber bitte sanft. Sie können dabei die Spielsachen einzeln benennen, die Farben und Formen erwähnen und andere Eigenschaften (hart, weich etc.). Dann lernt Ihr Kind gleich noch mehr. Wenn die Spielzeit vorbei ist, hören Sie auf. Auch wenn Ihr Kind dann lautstark protestiert: Es muss natürlich auch lernen, dass Mama und Papa nicht ohne Grenzen verfügbar sind.

? Unsere Kleine ist drei Monate alt und oft lange wach – was kann ich mit ihr spielen?

Ihr Baby mag sanfte Geräusche. Singen Sie der Kleinen etwas vor. Lassen Sie eine Spieluhr laufen, rascheln Sie mit einer Zeitung oder klappern Sie mit dem Schlüsselbund. Das können Sie machen, so lange es Ihrem Kind Spaß macht. Wendet es seinen Blick ab, hören Sie auf damit. Auch schauen mag ein Baby im Alter Ihrer Tochter – am liebsten ins Gesicht von Mutter oder Vater. Sprechen Sie mit der Kleinen, schneiden Sie ein paar lustige Grimassen, aber nicht zu heftig, das könnte Ihr Kind erschrecken. Ganz leichte Veränderungen Ihrer Mimik werden es dagegen vermutlich sehr amüsieren oder seine Aufmerksamkeit in Anspruch nehmen, etwa eine hochgezogene Augenbraue, eine herausgestreckte Zunge, ein leichtes Lächeln oder heraufgebogene Mundwinkel. Sie können Ihrer Kleinen auch

Damit spielen Babys gern

- In den ersten sechs Monaten: Rassel, Stoffball, Stoff- oder weiches Plastikbilderbuch, Kuscheltier oder -püppchen (waschbar), weiche Bausteine oder Plastikwürfel. Die Oberflächen sollten sich in ihrer Beschaffenheit unterscheiden. Das ist günstig für die Entwicklung der Sinne.
- Im zweiten Halbjahr: Nachziehtiere, Schiebespielsachen, Autos, Badewannen-Entchen, einfache Steckbausteine, Stapel- und Stecksysteme, Werfpüppchen, kleiner Ball.

Wichtig: Weniger ist im ersten Lebensjahr ebenso wie auch später mehr. Zu viel überfordert das Kind, es kann nicht mehr spielen. Spielen ist aber für die Entwicklung sehr wichtig, denn dabei erwirbt das Kind alle seine Fähigkeiten. Deshalb sollte Spielzeug auch nicht „perfekt“ sein, sondern immer Möglichkeiten zum Experimentieren lassen.

mit Ihren Fingern etwas „vorspielen“. Bewegen Sie Ihre Finger vor dem Gesicht des Babys. Sagen Sie dazu Gedichte auf oder singen Sie Lieder. Machen Sie alles möglichst langsam. Babys im Alter Ihrer Tochter versuchen bereits nachzuahmen. Es kann also gut sein, dass Ihr Töchterchen auch die Zunge herausstreckt, wenn Sie das tun, oder einen Laut von sich gibt, der Ihrer Stimme gleicht. Natürlich mag Ihre Tochter auch Bewegung. Tragen Sie sie durch die Wohnung, erklären Sie Ihr, was es alles zu sehen gibt. Es macht nichts, dass sie Ihre Worte im Einzelnen noch nicht versteht. Sie spürt Ihren Körper und die Bewegung, sie hört Ihre Stimme und sieht die Dinge in der Wohnung. Das fördert ihre gesamte Entwicklung – und macht ihr großen Spaß.

? Geben und nehmen, mit anderen teilen – sollten wir das schon jetzt mit unserem sechs Monate alten Sohn üben?

Den meisten Babys macht es Spaß, wenn man mit ihnen das „Geben-und-nehmen-Spiel“ macht. Sie reichen dem Kind etwas und strecken dann die Hand danach aus, um es wieder zurückzubekommen. Gibt das Kleine den Gegenstand zurück, freuen Sie sich und bedanken sich überschwänglich. Um diese Reaktion herauszufordern, wird Ihr Kind öfter etwas „abgeben“. Allerdings sollten Sie nicht erwarten, dass ein so kleines Kind bereits versteht, was damit gemeint ist. Mit sechs Monaten ist ein Baby noch ein vollkommener Egoist. Es versteht sich ja eher noch als ein Teil der Mutter, denn als eigenständige Persönlichkeit. So gesehen, kann es sich natürlich auch noch nicht in andere hineinversetzen. Das lernt es frühestens mit rund zwei Jahren. Weil das so ist, kann ein Baby natürlich auch noch nicht wissen, dass ein anderer ebenfalls etwas haben möchte und was Teilen heißt.

? Unser Sohn ist jetzt neun Monate alt und schläft keine Nacht durch. Wie lange geht das noch so weiter?

Wie lange es dauert, bis ein Kind nachts durchschläft, ist individuell sehr unterschiedlich und hängt von vielen verschiedenen Faktoren ab. Manche Babys schlafen schon nach ein paar Wochen durch – doch meist hält dies nicht auf Dauer. Andere brauchen bis zum zweiten oder dritten Geburtstag dazu. Ob ein Kind durchschläft, hängt auch von den Empfindungen und Erwartungen der Eltern ab, wie Untersuchungen gezeigt haben. Das bedeutet: Manche Eltern fühlen sich gestört, wenn ihr Baby sehr früh aufwacht, weil sie gern selbst länger schlafen möchten, andere hingegen legen ihr Kind sehr früh ins Bett und fühlen sich dann gestört, weil es nach vier, fünf Stunden wieder wach ist. Wenn ein Kind um 18 oder 19 Uhr hingelegt wird und nach fünf bis sechs Stunden aufwacht, ist es nun zwischen 23 und 1 Uhr nachts. Eigentlich schläft so ein Kind eine lange Zeit „am Stück", aber trotzdem empfinden es die Eltern als „nicht durchgeschlafen", weil ihre Nachtruhe gestört wurde. Am besten prüfen Sie solche Aspekte einmal in Ihrer Familie. Zählen Sie die Stunden, die Ihr Sohn am Tag schläft, denn ein Kind, das nicht richtig müde ist oder eben erst vom Nachmittagsschlaf erwacht, wird nachts natürlich nicht so lange am Stück schlafen, wie die Eltern sich dies wünschen. Übrigens können auch Krankheiten, Ängste, fremde Betreuungspersonen oder Streit zwischen Vater und Mutter ein Baby daran hindern, nachts durchzuschlafen.

? Wir haben unsere Tochter von Anfang an zu uns ins Bett genommen. Jetzt ist sie acht Monate alt. Sollen wir sie bald umquartieren?

Wenn Sie selbst das Gefühl haben, dass Sie auch gern mal wieder eine Nacht ohne Kind verbringen wollen, sollten Sie Ihr Töchterchen ans eigene Bett und Zimmer gewöhnen. Ein Einschlafritual mit singen, streicheln und ein wenig spielen kann da sehr hilfreich sein. So fühlt sich Ihre Tochter nicht abgeschoben. Das Ritual sollte jeden Abend gleich ablaufen und auf eine bestimmte Zeit festgelegt werden – zum Beispiel 15 bis 30 Minuten. Wichtig ist auch, dass Sie Ihre Tochter abends gleich in ihr eigenes Bett legen und nicht erst umquartieren, wenn sie bei Ihnen eingeschlafen ist. Bleiben Sie noch ein wenig bei ihr sitzen und lassen Sie eventuell die Zimmertür offen, damit sie sich nicht allein fühlt.

? Wann versteht unsere einjährige Tochter endlich, wenn ich „Nein“ sage?

Zwischen zehn Monaten und einem Jahr ist ein Kind geistig so weit, dass es weiß, was „Nein“ bedeutet, wenn es das Wort im

richtigen Zusammenhang schon öfter gehört hat. Ihre Tochter dürfte also längst wissen, was Sie mit diesem Wort meinen. Verstehen heißt aber noch lange nicht, dass sie sofort in gewünschter Weise darauf reagiert. Einfach nicht hinzuhören oder trotzdem da weiterzumachen, wo Mama gerade „Nein" oder „Lass' das" gerufen hat, ist völlig normal, denn die Kleine ist neugierig und will alles erkunden, was um sie herum ist. Ein „Nein" stört da oft gewaltig. Gleichzeitig muss Ihre Tochter ihre Grenzen ausloten: „Meint Mama wirklich, dass ich das nicht darf, dass ich damit aufhören soll?" Es ist also kein Ungehorsam oder böser Wille, wenn Ihre Tochter nicht sofort auf ein „Nein" reagiert. Deshalb sollten Sie wiederum auch nicht böse darauf reagieren, sondern mit Geduld. Sie sollten „Nein" nur dann sagen, wenn Sie es wirklich ernst meinen, es – wenn nötig – klar und ernst wiederholen und – falls dies immer noch nicht hilft – Ihre Tocher auf den Arm nehmen oder sie von ihrer Tätigkeit „entfernen", und zwar ernst, aber bitte nicht böse.

? Unser Sohn ist jetzt ein halbes Jahr alt. Braucht er schon Spielgefährten?

Nein. In diesem Alter sind Mutter und Vater noch die liebsten Spielgefährten für ein Kind. Allerdings haben viele Babys großen Spaß an ihresgleichen. Sie freuen sich, wenn sie andere Kleinkinder oder Babys sehen, und lachen oder grapschen mit den Händen nach ihnen. Richtig spielen können sie jedoch noch nicht. Ihre soziale Entwicklung ist noch nicht so weit fortgeschritten.

Krabbelgruppe

Es gibt fast überall Krabbelgruppen. Für viele Eltern sind diese eine gute Gelegenheit, andere Eltern zu treffen, Kontakte zu schließen und sich auszutauschen. Die Babys haben oft großen Spaß aneinander. Fühlt sich ein Kind in so einer Gruppe nicht wohl, sollte man auf keinen Fall versuchen, es zu „überreden".

Deshalb ist es auch wichtig, Babys nicht unbeobachtet zu lassen, wenn sie zusammen sind, denn sie haben noch kein Gespür für Gefahren oder Schmerzen, die sie einem anderen zufügen können. Obwohl Ihr Kind jetzt noch nicht unbedingt Spielgefährten aus der gleichen Altersgruppe braucht, kann es trotzdem von Vorteil sein, wenn Sie sich einer Krabbelgruppe anschließen. Dies gilt vor allem dann, wenn Sie selbst wieder etwas mehr Zeit und „Freiheit" für sich benötigen, denn für ein Baby ist es nicht nur von Bedeutung, dass die Eltern für es da sind. Genauso wichtig ist es, dass Mutter und Vater zufrieden und halbwegs entspannt sind. Babys haben besonders feine Antennen für Gefühle und Stimmungen in ihrer Umgebung. Fühlen sich Mutter und Vater überanstrengt, überfordert oder eingeengt von ihrem Nachwuchs, spürt das Kleine dies. Möglicherweise reagiert es mit Unruhe, vermehrtem Schreien,

Schlaf- oder Essproblemen darauf. Damit beginnt dann oft ein Teufelskreis: Die Mutter fühlt sich überfordert, das Kind wird unruhiger, der Stress für die Mutter nimmt noch mehr zu.
Viele junge Eltern gestehen sich selbst nicht zu, dass sie auch manchmal „genervt" sind und gern etwas anderes tun möchten, als sich nur immer rund um die Uhr um ihr Kleines zu kümmern. Dabei ist das völlig in Ordnung und ganz normal. In solchen Situationen ist es aber für alle Beteiligten wichtig, dass jemand da ist, der sich liebevoll ums Baby kümmert und die Eltern entlastet. Sie können dann neue Kräfte tanken und das Leben mit dem Kleinen wieder besser genießen.
Da heutzutage junge Familien häufig ohne Anbindung an Großeltern, Tanten oder enge Freunde leben, sind Krabbelgruppen eine gute Alternative, vor allem, wenn sie so organisiert sind, dass sich Mütter und/oder Väter immer reihum um mehrere Babys kümmern. So hat jedes Elternpaar immer mal wieder Gelegenheit, sich vom anstrengenden Alltag mit dem Baby zu erholen. Davon profitieren letztlich auch die Kleinen.

? Meine Freundin meint, mit dem Vorlesen kann man nicht früh genug anfangen. Unser Kleiner ist fünf Monate. Versteht er denn schon etwas?

Ihre Freundin hat Recht. Zwar wird Ihr Sohn nicht jedes Wort verstehen, wenn Sie ihm jetzt schon vorlesen, aber er hört Ihre Stimme, er empfindet Ihre Zuwendung und die Zeit, die Sie ganz für ihn da sind. Wenn Sie ihm Verse vorlesen, spürt er den Rhythmus der Sprache. Dies sind alles Dinge, die sich sehr positiv auf die Entwicklung auswirken. Vorlesen oder Geschichten erzählen sind übrigens wichtige Bausteine für ein Kind auf dem Weg zur eigenen Sprache. Ein Kind lernt umso besser, leichter und schneller sprechen, je mehr es „in Sprache gebadet" wird, wie ein Experte einmal gesagt hat. Besonders schön ist es für Kinder – auch für Babys, wie wissenschaftliche Untersuchungen gezeigt haben –, wenn Mutter oder Vater auch eigene Geschichten erzählen. Sie können dabei Ihrer Phantasie völlig freien Lauf lassen, sofern Sie nichts erzählen, was das Kind ängstigt.

Tipp

Nehmen Sie Ihr Kind beim Vorlesen möglichst immer auf den Schoß und in den Arm. Der Körperkontakt ist für die positive Entwicklung eines Kindes absolut notwendig.

Da Sprache vor allem im sozialen Miteinander und Austausch erworben wird, sollten Sie das Vorlesen nicht einem Kassettenrecorder oder MP3-Player überlassen, sondern unbedingt selbst lesen. Geschichten von der Konserve mögen die meisten größeren Kindern zwar gern, sie sollten aber grundsätzlich als zusätzliche Bereicherung verstanden werden, keinesfalls als Ersatz für das eigene Vorlesen oder Erzählen.

Bei einem Baby genügen beim Vorlesen sicher zehn Minuten am Stück. Sie merken wahrscheinlich sehr schnell, wann es Ihrem Kind „reicht" – es schaut weg, dreht den Kopf zur Seite, schläft ein oder wird unruhig. Dann sollten Sie natürlich aufhören.

Bei uns ist ein Streit ausgebrochen: Darf man mit einem Säugling in Babysprache reden oder lernt das Kind dann nicht richtig Sprechen?

Ganz im Gegenteil: Wie wissenschaftliche Untersuchungen gezeigt haben, lernen Kinder sehr wahrscheinlich sogar leichter Sprechen, wenn mit ihnen anfangs in Babysprache gesprochen wird, denn mit diesem höheren Tonfall, den ganz einfachen Sätzen, den längeren Pausen und den Wiederholungen einzelner Worte passen sich die Eltern intuitiv der „Sprache“ ihres Kindes an. Sie wird einfach besser verstanden. Diese Babysprache oder „Hebammensprache“, wie sie auch genannt wird, ist übrigens international. In allen Kulturen überall auf der Welt nehmen Eltern und auch andere Erwachsene automatisch diesen typischen Singsang an, wenn sie sich mit einem Säugling „unterhalten“. Später, nach dem ersten Geburtstag, sollte man dann durchaus normal und in ganzen Sätzen mit dem Kind sprechen. Schließlich lernt es sehr viel durch Nachahmung.

Unsere Tochter ist elf Monate und plappert den ganzen Tag, allerdings nur Unverständliches. Wann wird sie richtig sprechen?

Das wird nicht mehr lange dauern. Am Ende des ersten Lebensjahres sprechen viele Kinder ihren ersten „Ein-Wort-Satz“, zum Beispiel „Ga-ga“ – was durchaus heißen kann: „Schau, dort schwimmt eine Ente.“ Auch „Mama“, „Papa“ oder „Auto“, also einfache Wörter mit nicht mehr als zwei Silben, werden jetzt interessant. Bis ein Kind allerdings „richtig“ spricht, also über einen großen Wortschatz und die richtige Grammatik verfügt, vergehen noch ein paar Jahre. Erst zum Schuleintritt ist es in der Regel so weit. Doch in der Zwischenzeit kommt fast täglich etwas Neues hinzu – oft sehr zum Erstaunen und zum Amüsement der Erwachsenen. Im

So entwickelt sich das Sprechen

- Bis zum sechsten Monat: einzelne Töne, jauchzen, prusten, brabbeln
- Sechster bis zwölfter Monat: Silbenketten („mamamamam“), flüstern, zweisilbige Wörter („da-da“), nachsprechen, Bezeichnungen („ga-ga“, „ma-ma“, „pa-pa“), Ein-Wort-Sätze
- Zweites Lebensjahr: Zwei- und Dreiwortsätze („Ham-ham bäh“, „Mama aua“)
- Drittes Lebensjahr: kompliziertere Sätze mit drei bis vier Wörtern
- Viertes Lebensjahr: Sätze mit sechs bis acht Wörtern, Schimpfwörter
- Fünftes Lebensjahr: schwierige Redewendungen
- Sechstes Lebensjahr: großer Wortschatz, gutes Sprachverständnis, komplizierte Sätze mit meist richtiger Grammatik

ersten Lebensjahr sammeln die Kleinen sozusagen Laute sowie Möglichkeiten, diese selbst zu bilden. Im zweiten Lebensjahr machen sie sich daran, ganze Wörter zu sammeln. Dabei wächst der Wortschatz unglaublich schnell an – obwohl die Kleinen oft viele der neuen Wörter noch gar nicht richtig aussprechen können. Manchmal bleiben sie völlig unverständlich, ein anderes Mal bilden sie eigene Wörter und Sätze, die für uns Erwachsene meist sehr komisch klingen. Sprechen und singen Sie möglichst viel mit Ihrem Kind. Damit unterstützen Sie es beim Sprechenlernen am besten. Kritisieren oder korrigieren sollten Sie dagegen nicht. Sprechen Sie „Falsches“ einfach richtig nach, dann verfestigt sich der richtige Gebrauch der Sprache. Das Kind fühlt sich dadurch bestätigt und nicht in Frage gestellt.

? Unsere acht Wochen alte Tochter lutscht gern am Daumen. Eine Freundin riet mir, ihr den Schnuller zu geben. Ist das wirklich besser?

Wenn sich Ihre Tochter für den Daumen entschieden hat, kann es schwierig werden, sie für den Schnuller zu interessieren. Probieren sollten Sie es aber einmal. Der Schnuller hat den Vorteil, dass er kiefergerecht geformt ist und sich deshalb nicht negativ

Tipp

Bieten Sie Ihrer Tochter am besten mehrere Schnuller im Wechsel an, sonst besteht die Gefahr, dass sie sich an Form und Geruch eines einzelnen gewöhnt und nicht bereit ist, einen neuen zu akzeptieren, wenn der alte eigentlich längst entsorgt werden müsste.

auf das Zahnwachstum auswirkt. Außerdem kann man ihn dem Kind vermutlich leichter wieder abgewöhnen als den Daumen. Der Daumen hat natürlich den unschätzbaren Vorteil, dass er immer und überall „zur Hand" ist. Lutscht ein Kind allerdings viel und heftig, kann das nicht nur den Zähnen schaden, sondern auch der Haut am Daumen. Wichtig ist, dass das Saug- und Lutschbedürfnis des Kindes befriedigt wird.

? Seit ein paar Wochen gibt es mit unserer Kleinen, zehn Monate, bei jedem Wickeln einen Kampf. Sie will sich einfach nicht mehr anziehen lassen. Was ist bloß los mit ihr?

Nichts Außergewöhnliches. Sehr viele Babys, insbesondere die temperamentvollen, mögen sich in diesem Alter plötzlich nicht mehr wickeln und anziehen lassen. Sie sind jetzt mobiler geworden, krabbeln oft schon oder robben durch die Wohnung. Alles Passive wird ihnen lästig. Die Notwendigkeit von Wickeln und Anziehen können sie aber noch nicht einsehen. Lassen Sie sich nicht auf einen Kampf ein. Sie schonen Ihre Nerven am besten, wenn Sie sich den Bedürfnissen Ihrer Tochter anpassen. Zwingen Sie sie also nicht, sich beim Wickeln ruhig auf den Wickeltisch zu legen. Ein Windelwechsel geht auch auf dem Boden, auf dem Elternbett, im Stehen oder auf dem Bauch liegend. Bestehen Sie aber klar und unmissverständlich darauf, dass die Spielzeit, das Frühstück oder was auch immer gerade anliegt, erst dann stattfinden kann, wenn die Kleine gewickelt und angezogen ist.

? In letzter Zeit schlägt mein acht Monate alter Sohn öfter nach mir. Soll ich zurückhauen?

Bitte nicht. Würden Sie zurückschlagen, würde Ihr Sohn lernen, dass Schlagen eine akzeptierte Kommunikationsform ist. Aber Sie wollen ihm ja genau das Gegenteil beibringen: Schlagen ist nicht okay! Er meint es nicht böse. Er testet nur aus, was geht. Nehmen Sie also seine Hand, wenn er wieder nach Ihnen schlägt, sagen Sie mit ernster (aber nicht böser) Stimme zum Beispiel: „Nein, das tut Mama weh, das darfst du nicht." Gehen Sie dann wieder zur Tagesordnung über. Sehr wahrscheinlich wird eine Ermahnung nicht ausreichen. Ärgern Sie sich dann aber nicht, denn wie bei allem anderen, brauchen Kinder auch in ihrer sozialen Entwicklung zahlreiche Wiederholungen, bis etwas „sitzt".

? Unser Sohn, zehn Monate alt, kneift und zieht an den Haaren. Wie gewöhne ich ihm das bloß wieder ab?

Indem Sie klar „Nein" zu ihm sagen und ihn aus der „Gefahrenzone" entfernen. Ihr Sohn kneift nicht aus Bösartigkeit, er probiert nur aus, wie sich etwas anfühlt, oder es ist seine Art, Kontakt aufzunehmen. Natürlich muss er lernen, dass Kneifen und Ziehen an den Haaren nicht die richtige Methode ist. Deshalb ist es auch wichtig, dass Sie darauf immer klar und deutlich reagieren, also nicht lachen, aber auch nicht böse sind. Je weniger Aufhebens davon gemacht wird, umso schneller ist diese Phase wieder vorbei, denn das Kneifen und Haareziehen bekommt dann keine Bedeutung, es wird nichts Besonderes.

? Bisher war unsere Tochter ein fröhliches Baby, das jeden angelacht hat. Seit Kurzem – sie ist jetzt achteinhalb Monate alt – heult sie los, sobald ein Fremder auftaucht. Was hat sie?

Entwicklungsexperten nennen dies die „Achtmonatsangst“. Es gibt viele Theorien, woher sie kommt und was dabei passiert. Sicher ist: Es ist eine völlig normale, möglicherweise auch sehr wichtige Entwicklungsphase. Akzeptieren Sie das Verhalten Ihrer Tochter, zwingen Sie die Kleine nicht, auf andere zuzugehen, wenn sie das nicht will. Trösten Sie sie, wenn sie sich vor Fremden – manchmal auch Menschen aus der Familie oder dem Freundeskreis – fürchtet. Sie braucht diesen Rückhalt zur Entwicklung ihres Selbstbewusstseins und Selbstwertgefühls. Die Phase geht vorüber. Manche Kinder „fremdeln“ übrigens weniger stark, andere stärker und länger. Manchmal tritt dieses Verhalten auch etwas früher auf – etwa ab dem sechsten Lebensmonat. Manche Kinder fremdeln auch später – möglicherweise erst nach dem ersten Geburtstag. Nach zwei, drei Monaten sollte das typische Fremdeln aber überwunden sein. Allerdings gibt es natürlich Kinder, die auch weiterhin schüchtern reagieren und sehr vorsichtig auf Fremde zugehen. Das hängt vom individuellen Temperament ab und davon, welche Vorbilder ein Kind hat. Eltern, die selbst eher zurückhaltend und scheu sind, werden wohl selten Kinder haben, die besonders offen auf Fremde zugehen. Das sollte man einfach akzeptieren und dennoch dem Kind, wenn es älter ist (ab zweieinhalb bis drei Jahren), den Kontakt zu anderen Kindern ermöglichen.

Die Entwicklung des Kleinkindes

? Jetzt ist unsere Tocher schon 16 Monate und läuft noch nicht. Müssen wir uns Sorgen machen?

Die Frage ist: Zieht sich Ihre Tocher an Möbeln hoch? Krabbelt sie? Sitzt sie alleine? Bewegt sie sich gern und viel? Macht sie an der Hand schon ein paar Schritte? Wenn ja, müssen Sie sich keine Sorgen machen, denn dann wird es sicher nicht mehr lange dauern, bis Ihre Tochter die ersten Schritte ganz alleine macht. Die allermeisten Kinder tun dies bis zum 18. Lebensmonat. Sollte Ihre Kleine davon aber offensichtlich noch weit entfernt sein, ist ein Besuch beim Kinderarzt ratsam. Möglicherweise muss ihr dann mit etwas Spezialgymnastik geholfen werden.

Tipp

Jedes Kind hat seine eigene Geschwindigkeit, manche sind schneller, manche brauchen etwas länger. Manchmal braucht ein Kind auch spezielle Unterstützung, etwa durch Gymnastik.

? Unser Sohn, 14 Monate, hat sehr ausgeprägte O-Beine. Wächst sich das noch aus?

Ja. Jedes Baby kommt mit O-Beinen zur Welt und behält sie in der Regel, bis es laufen kann. Zum Laufenlernen ist diese Beinstellung sogar ganz gut, weil sie dem Kleinen ein wenig Stabilität in aufrechter Position verleiht. Im Laufe des zweiten und dritten Lebensjahres werden aus den O-Beinen in der Regel ausgeprägte X-Beine.

Das hängt vermutlich mit dem Wachstum der Beine zusammen: Mal wachsen sie an der Innenseite schneller, mal an der Außenseite. Im Schulalter werden die Beine dann gerade und erst in der Pubertät erhalten sie ihre endgültige Form, die in hohem Maß genetisch bedingt ist.

Tipp

Wichtig für die Fußentwicklung sind passende Schuhe. Sie sollen die Füße nicht einengen und beim Abrollen nicht behindern. Eine Stützfunktion ist überflüssig. Am besten entwickeln sich Füße, wenn das Kind barfuß läuft. Schuhe sind nur zum Schutz vor Kälte, Nässe und Verletzungsgefahren notwendig.

? Unsere Kleine ist jetzt eindreiviertel Jahre alt und soll bald ohne Windel gehen. Soll sie zuerst aufs Töpfchen oder gleich auf die große Toilette?

In diesem Alter ist Ihre Tochter fast noch ein wenig jung fürs Sauberwerden, denn die Kontrolle der Ausscheidungsorgane setzt eine gewisse Reifung des Nervensystems voraus. Das Kind muss den Drang wahrnehmen und es muss Stuhl und Urin kurzfristig zurückhalten können. In aller Regel ist das „System“ irgendwann zwischen dem zweitem und dem drittem Geburtstag so weit. Aber es gibt natürlich auch Frühentwickler. Ist das Kind so weit, gibt es auch selbst das Signal und möchte von sich aus keine Windel

Tipp

Machen Sie in der Sauberkeitserziehung keinen Druck. Bieten Sie Ihrem Kind aber immer mal wieder Topf oder Toilettenaufsatz an. Da kleine Kinder ein starkes Bedürfnis haben, wie die „Großen" zu sein, kommt auch der Wunsch nach der Toilette meist ganz von allein.

mehr. Ob Ihre Tochter aufs Töpfchen oder zur Toilette (mit Kindereinsatz) möchte, sollten Sie ihr selbst überlassen. Für manche Kinder wirkt die Toilette anfangs etwas bedrohlich, denn sie müssen ja etwas von sich hergeben. Das kann ihnen Angst machen, vollständig verschlungen zu werden.

Kapitel 2

? Unser Sohn ist zweieinhalb Jahre alt und sitzt am liebsten herum, spielt mit Bauklötzen, malt oder schaut Bilderbücher an. Wie können wir ihn zu mehr Bewegung anregen?

Am besten, wenn Sie selbst mit ihm toben, turnen, laufen und schaukeln oder wenn Sie mit ihm zum Spielplatz gehen, wo er durch andere Kinder angeregt wird. Eigentlich kommt jedes Kind mit einem ausgeprägten Bewegungsdrang zur Welt, aber es gibt natürlich sehr unterschiedliche Temperamente. Scheinbar gehört Ihr Sohn eher zu den ruhigeren Kindern, die sich lieber mit geistigen Dingen beschäftigen. Das ist in Ordnung. Damit aber seine körperliche Entwicklung auch gut voranschreitet, sollten Sie Ihrem Sohn Anregungen bieten. Oft macht auch Eltern-Kind-

Turnen in einem Verein großen Spaß. Zwingen Sie Ihren Kleinen aber zu nichts, was er nicht mag.

Hier ein paar Anregungen für Bewegungsspiele, die auch einem ruhigeren Kind Spaß machen dürften:

- Setzen Sie Ihr Kind auf Ihre Schultern und gehen Sie mit ihm durch Wohnung oder Garten. Fühlt es sich wohl dabei, können Sie auch ein wenig springen und hüpfen oder sich zur Seite neigen. Es soll aber auf keinen Fall Angst bekommen.
- Ziehen Sie eine Kordel (oder ein Plüsch- oder Plastiktier) langsam über den Boden. Ihr Kind soll hinterherlaufen und das Tier fangen. Wenn es die „Beute“ erwischt, darf es selbst ziehen, und Sie müssen fangen.
- Legen Sie eine weiche Unterlage, zum Beispiel eine Matratze, auf den Boden und gehen Sie darauf in den Vierfüßlerstand. Ihr Kind darf sich auf Ihren Rücken setzen und auf Ihnen „reiten“. Macht ihm dies Spaß, kann das „Pferd“ auch mal etwas unruhig werden, sich etwas aufbäumen, herumwackeln und einen krummen Rücken machen. Der „Reiter“ muss versuchen, sich zu halten. Klar, dass er dabei auch mal herunterfällt. Aber das macht nichts, der Untergrund ist ja weich.
- Bauen Sie zusammen mit Ihrem Kind einen Hindernis-Parcour in der Wohnung: zum Beispiel zuerst einen Stuhl, unter dem es durchkrabbeln soll, danach muss es in der Hocke um ein Tischbein herum, dann soll es auf einen Schemel oder die unterste Stufe

einer Trittleiter klettern, ein Kissen überspringen, in einen Karton hinein- und wieder heraussteigen. Am besten machen Sie mit, dann macht es umso mehr Spaß.

? Ab wann muss ein Kind auf einem Bein stehen können?

Irgendwann zwischen dem zweitem und dem drittem Geburtstag können Kinder auf einem Bein stehen. Das hängt von der Entwicklung der Muskulatur, der Knochen und des Gleichgewichtssinns ab. Balancieren, Schaukeln und Klettern fördern diese Fähigkeiten. Kann ein Kind am Ende seines dritten Lebensjahres noch nicht auf einem Bein stehen, sollte der Kinderarzt die Entwicklung überprüfen.

? Unsere Kleine ist knapp zwei Jahre alt und steigt jede Treppe hinauf, oft sogar freihändig. Beim Heruntergehen setzt sie aber immer noch einen Fuß nach. Wann lernt sie es richtig?

Sie steht wahrscheinlich kurz davor. Ungefähr um den zweiten Geburtstag herum sollten Kinder Treppen steigen können und sich dabei am Geländer festhalten. Das Heruntersteigen ohne nachge-

Treppen steigen

Falls Sie keine Treppen im Haus haben, auf denen Ihr Kind ständig üben kann, sollten Sie es viel klettern lassen, zum Beispiel auf Sesseln, Stühlen, Betten oder Sofas. Dabei trainiert es ebenfalls seine motorischen Fähigkeiten und den Gleichgewichtssinn. Beides braucht es, um Treppen steigen zu können.

setzten Fuß kann noch eine Weile länger dauern. Aber Ihre Kleine ist ja schon auf dem besten Weg, und sie übt fleißig.

? Schaukeln ist für unseren dreijährigen Sohn das Größte, es kann kaum wild genug sein. Ich habe immer ein wenig Angst, wenn er auf der Schaukel sitzt.
Muss ich ihn bremsen?

Ihre Angst ist verständlich, aber bremsen Sie Ihren Sohn besser nicht. Es entspricht einer völlig normalen Entwicklung, wenn ein dreijähriges Kind gern schaukelt. Die Wildheit lässt auf großes Temperament schließen. Da sind Kinder durchaus unterschiedlich. Sie können aber den Fähigkeiten Ihres Sohnes durchaus vertrauen. Das ist sogar sehr wichtig für ihn, denn aus Ihrem Vertrauen schöpft er auch sein Selbstvertrauen. Ihre Angst jedoch könnte auch ihn ängstlich machen. Falls Sie Ihre Angst nicht überwinden können, sollten Sie Ihren Sohn beim Schaukeln von jemand anderem beaufsichtigen lassen. Vielleicht macht sich ja sein Vater weniger Gedanken. Eine andere Möglichkeit: Vielleicht gibt es eine Mutter in der Nachbarschaft, die Ihren Kleinen mitnimmt, wenn es zum Schaukeln geht.

Für Ihren Sohn ist es wichtig, dass er sich seinen Neigungen und seinem Temperament entsprechend viel bewegen kann. Das fördert nicht nur seine gesamte Entwicklung, sondern schützt ihn auch vor Krankheiten, vor Haltungsschäden und vor Übergewicht. Schaukeln gehört im Kinderleben zu den grundlegenden Bewegungen. Dabei wird der Gleichgewichtssinn optimal trainiert, außerdem werden Kraft und Körperkoordination geschult und vieles mehr.

? Muss ein dreijähriges Kleinkind schon mit Messer und Gabel essen können?

Natürlich muss es das nicht perfekt beherrschen, aber in diesem Alter sollten Kinder schon wissen, wozu das Besteck gut ist und wie man es verwendet. Je früher sie mit Messer und Gabel hantieren dürfen, desto früher werden sie damit bei Tisch klarkommen. Das Essen mit Besteck ist nicht nur eine Frage guter Tischmanieren, sondern fördert darüber hinaus auch die feinmotorischen Fähigkeiten.

? Unser Sohn ist knapp drei Jahre alt und braucht tagsüber keine Windel mehr. Wann ist es auch nachts so weit?

Zwischen dem Saubersein am Tag und dem in der Nacht können mehrere Wochen, manchmal auch mehrere Monate liegen. Das ist völlig normal. Manche Kinder schlafen so fest, dass sie auch dann nicht aufwachen, um zur Toilette zu gehen, wenn sie dies gern möchten. Übrigens beschleunigt es die nächtliche Tro-

Der eigene Wille

Für jedes Kind ist es äußerst faszinierend, den eigenen Willen zu entdecken. Der spielt beim Sauberwerden keine geringe Rolle, denn das Kind kann jetzt selbst entscheiden, ob es sein „Produkt“ hergibt, es zurückhält oder es in die Windel macht.

ckenheit nicht, wenn man dem Kind abends nichts zu Trinken gibt. Die Nieren arbeiten ja ununterbrochen, produzieren also auch die ganze Nacht über Urin. Allerdings sind größere Flüssigkeitsmengen direkt vor dem Schlafengehen nicht ideal.

? Da unsere Tocher ein Einzelkind bleiben wird, möchten wir sie möglichst bald in den Kindergarten geben. Wann ist sie so weit?

Im dritten Lebensjahr bekommen Kinder immer größeres Interesse daran, mit anderen Kindern zu spielen. Im gemeinsamen Spiel üben sie soziales Verhalten. Sie lernen Rücksicht zu nehmen, für einen anderen die eigenen Wünsche auch einmal zurückzustellen. Untersuchungen haben gezeigt, dass bereits Zweijährige in der Lage sind, sich ein wenig in andere hineinzuversetzen und zum Beispiel Mitgefühl zu zeigen. Kindergärten nehmen Kinder in der Regel erst ab dem dritten Geburtstag auf. Viele setzen voraus, dass die Kleinen sauber sind und selbstständig zur Toilette gehen können. Es gibt aber auch zahlreiche Einrichtungen, die schon jüngere Kinder aufnehmen. Am besten hören Sie sich einmal in Ihrer Gemeinde um.

Finden Sie keine feste Gruppe, sollten Sie in der Nachbarschaft oder im Freundeskreis Kontakte zu Familien mit Kindern schließen. Laden Sie ab und zu Eltern mit ihren Kindern ein oder treffen Sie sich am Spielplatz. So bekommt Ihre Tochter die Gelegenheit zum Austausch mit anderen Kindern. Es müssen nicht viele sein. Bis zu drei Kinder reichen völlig aus. Erst mit vier bis fünf Jahren sollte ein Kind dann auch lernen, sich in größeren Gruppen zurechtzufinden.

? Ich finde es wichtig, dass Kinder frühzeitig Umgangsformen lernen. Wie bringe ich unserer eineinhalbjährigen Tochter „Bitte" und „Danke" bei?

Kinder lernen am besten durch das Vorbild der Eltern. Sind Sie selbst höflich und legen Sie gute Umgangsformen an den Tag, wird Ihre Tochter Sie nachahmen und es ebenso machen. Meist sind dafür keine langen Erklärungen oder gar Gebote notwendig. Kleine Kinder sind nämlich erpicht darauf, die Erwachsenen zu kopieren, und wollen zudem unbedingt alles tun, um ihren Eltern zu gefallen. Wichtig ist natürlich dabei, dass Sie sich auch Ihrer Tochter gegenüber gut benehmen. Sie wird so dieses Verhalten selbst auch rasch annehmen.

TIPP

Rollenspiele sind bei Kindern sehr beliebt. Auch gutes Benehmen lässt sich im Rollenspiel lernen. Machen Sie mit Ihrem Kind solche Spiele, sobald es daran Freude hat: „Du sollst jetzt die Dame sein, und ich bin der Rüpel." Das macht Spaß und dabei werden die Regeln geübt.

? Wir genießen sonntags immer gemeinsame Mahlzeiten. Können wir von unserem dreijährigen Sohn schon erwarten, dass er die ganze Zeit ruhig am Tisch sitzt?

Es ist sehr schön, dass es bei Ihnen gemeinsame Familienmahlzeiten gibt. Werden diese zu einem friedlichen Austausch genutzt,

zum Genießen nicht nur der Speisen, sondern auch des Zusammenseins, stellt sich die Frage eigentlich nicht, wie lange das Kind dabei sitzen muss. Ruhig am Tisch zu sitzen und dabei nichts weiter zu tun zu haben, überfordert ein dreijähriges Kind sicherlich. Deshalb kommt es bei der Frage, ob Ihr Sohn länger oder nicht so lange dabei sitzen will und kann, vor allem darauf an, wie Ihre Mahlzeiten ablaufen.
Ist das Kind in die Gespräche oder Spiele eingebunden, wird es ihm auch längere Zeit gefallen. Unterhalten sich dagegen nur die Eltern miteinander und nehmen keine Notiz von ihrem Kind, wird es sicher schnell unruhig. Dann sollten Sie es auch aufstehen lassen.
Es ist gut und richtig, wenn Kinder frühzeitig Tischmanieren lernen, aber die Zeiten, da sie ruhig am Tisch sitzen mussten, bis die Erwachsenen mit dem Essen fertig waren, sind vorbei.

? Meine Mutter meint, unser Sohn braucht dringend bald Spielgefährten. Muss ein Zweijähriges unbedingt schon mit anderen Kindern spielen?

Wir alle sind soziale und gesellige Wesen. Das trifft ganz besonders auf Kinder zu. Bereits Babys sind hocherfreut und fasziniert, wenn sie auf andere Kinder treffen. Doch für ihre Entwicklung ist es noch nicht zwingend erforderlich, dass sie häufig mit anderen Kindern zusammen sind. Zwischen zwei und drei Jahren sollte dann aber mehr Kontakt zu Kindern da sein, denn jetzt wird das

Bedürfnis nach „Gleichgesinnten“ sehr ausgeprägt. Es müssen nicht unbedingt nur Gleichaltrige sein. Für die Entwicklung sind Kinder unterschiedlichen Alters besonders günstig, denn da lernen die Großen Rücksicht gegenüber den Kleinen und die Kleinen schauen den Großen ihre Fähigkeiten ab. Es gibt zwar auch manchmal Streit oder ein Kind schaut sich etwas ab, was den Eltern nicht so gut gefällt, doch auch das gehört zur Entwicklung. Je vielfältiger die Eindrücke sind, umso besser. Der Umgang mit größeren Kindern hat zudem den Vorteil, dass diese noch nicht ganz so überlegen sind wie Erwachsene.

? Unsere Tochter ist gerade zwei Jahre alt geworden. Sie benutzt immer noch ihren Namen, wenn sie sich selbst meint. Ab wann sagt ein Kind „Ich“?

Obwohl schon Babys und kleinere Kinder ein gewisses Gefühl für sich selbst und ihren Körper haben, dauert es doch fast bis zum dritten Geburtstag, bis ein Kind „Ich“ sagt, wenn es sich selbst meint. Das ist wohl eine besondere geistige Leistung. Ob Ihre Tochter bald so weit ist, können Sie mit einem kleinen Trick feststellen: Klecksen Sie ihr ein wenig Hautcreme auf die Nase und gehen Sie so mit ihr an einen Spiegel. Versucht sie (wie alle kleinen Kinder), dem Gesicht im Spiegel den Klecks abzuwischen, ist sie noch nicht so weit. Greift sie sich dagegen an die eigene Nase, hat sie

erkannt, dass die Person im Spiegel sie selbst ist. Dann ist es nur noch ein winziger Schritt zum „Ich". Für die meisten Kinder ist dieser Entwicklungsschritt dann eine so spannende Sache, dass man von ihnen nur noch „Ich" hört: „Ich kann das alleine." „Ich will das machen." „Ich ziehe mich selbst an." „Ich drücke im Lift auf den Knopf." „Ich möchte im Bus die Fahrkarte kaufen." Und so weiter.
Eltern sind dann verständlicherweise manchmal genervt. Vor allem auch deshalb, weil die Kleinen all dies, was sie jetzt alleine tun wollen, noch gar nicht so gut können. Doch für das Kind ist es auf seinem Weg in die Selbstständigkeit wichtig, Erfahrungen zu sammeln und Eigenständigkeit zu üben. Deshalb ist von Mutter und Vater Verständnis und Geduld gefordert.
Manchen Kindern macht dieses neu erworbene Selbst-Bewusstsein auch ein wenig Angst. Es kann sein, dass sie sich vorübergehend wieder stärker an Mutter oder Vater klammern. Dann brauchen sie sanfte Unterstützung und Ermutigung, auch alleine etwas zu wagen. Das geht am besten so, dass man dem Kind nicht alles abnimmt, sondern ihm die Möglichkeit und die Zeit gibt, selbst etwas zu tun. Auf keinen Fall sollte man es aber mit Sprüchen wie „Sei doch nicht so feige" oder „Du bist aber dumm und klein" quälen. Das entmutigt noch mehr.
In aller Regel und wenn die Eltern ausreichend Vertrauen in die Fähigkeiten ihres Kindes haben, sind solche „Klammerphasen" nur von kurzer Dauer, denn alle Kinder wollen wachsen und selbststän-

dig werden – manche mit mehr „Power“ und schneller, andere hingegen lassen sich wiederum mehr Zeit und gehen die Entwicklung langsamer an. Das ist auch eine Frage des Temperaments.

? Unsere Tochter ist zwei Jahre alt und tanzt und singt für ihr Leben gern. Sollen wir CDs für sie kaufen oder ist es besser, selbst zu singen?

Es ist völlig in Ordnung, wenn Sie für Ihre Tochter CDs mit Liedern besorgen, die sie mag. Das sollte aber das gemeinsame Singen und Tanzen auf keinen Fall ersetzen, denn dabei geht es ja um viel mehr als nur um die Musik. Ihre Tochter erfährt Zuwendung, Bestätigung und Anregung durch Sie. Ihre Entwicklung wird intensiv gefördert. Das können CDs natürlich nicht. Trotzdem macht auch Musik von der „Konserve“ Spaß, besonders dann, wenn Ihre Tochter das Abspielgerät schon allein bedienen und selbst bestimmen kann, wann sie etwas hören möchte.

? Das Kinderzimmer unseres zweijährigen Sohnes quillt über vor Spielsachen. Ich möchte das radikal aussortieren. Welches Spielzeug braucht er jetzt unbedingt?

Sie tun Ihrem Sohn sicher einen großen Gefallen, wenn Sie seine Spielsachen aussortieren, denn zu viel Spielzeug schadet eher, als dass es nützt. Das schönste „Spiel“ für kleine Kinder ist ohnehin die Teilhabe am Familienalltag. Da lernen sie jede Menge, trainieren ihre Fähigkeiten und haben ausreichend Abwechslung. Ein paar altersgemäße Spielsachen, die Spaß machen sowie Sinne, Geschicklichkeit und Beweglichkeit fördern, sollte Ihr Sohn haben: ein Fahrzeug zum Draufsetzen, zum Beispiel ein Dreirad oder ein Rutschauto, dazu ein paar Puppen und Stofftiere, eine kleine Holzeisenbahn, einige Autos, einfache Steckspiele, große Bauklötze in verschiedenen Farben und Formen, vielleicht ein Spielzeugtelefon, ein Kinderxylophon, außerdem grobes Papier, Wachsmalstifte und Bilderbücher. Besonders beliebt sind in diesem Alter Riesenbilderbücher. Ihr Sohn sollte beim „Ausmisten" aber nicht das Gefühl bekommen, dass ihm etwas weggenommen wird. Ein wirklich überfülltes Kinderzimmer wieder überschaubar zu machen, überfordert allerdings ein so kleines Kind. Deshalb ist es wahrscheinlich am besten, Sie sortieren Dinge, die der Kleine schon lange nicht mehr benutzt hat, dann aus, wenn er nicht

Tipp

Geben Sie Ihrem Kind unzerbrechliche, ungefährlich Haushaltsgegenstände. Damit spielen die Kleinen erfahrungsgemäß am liebsten. Sie fühlen sich ins Familiengeschehen eingebunden und können ihrer Phantasie freien Raum lassen. Kleinere Aufgabe, wie etwa Abwischen, Aus- oder Einräumen, Aufkehren oder den Tisch decken machen Ihr Kind glücklich und fördern alle seine Fähigkeiten.

dabei ist. Ist dann schon eine erste, grobe „Lichtung“ entstanden, können Sie den Rest mit Ihrem Kleinen gemeinsam sortieren. Packen Sie die Spielsachen, die er gerade nicht braucht, in Kartons und heben Sie diese im Keller oder an einem Ort auf, an den Ihr Sohn nicht heran kann. Von Zeit zu Zeit können die Spielsachen dann wieder hervorgeholt und andere dafür weggepackt werden. Dadurch bekommt das Kind immer wieder etwas „Neues“ und viele Anregungen.

? Ich möchte gern, dass unsere Tochter, knapp drei Jahre alt, mehr malt. Wie kann ich sie dazu anregen?

Bieten Sie Ihrer Tochter einerseits einfach Malutensilien an: Packpapier, Zeitungspapier, durchsichtiges Papier, weißes und buntes Papier, Wachsmalkreiden, Fingerfarben, dicke Buntstifte usw. Gehen Sie andererseits auch mal mit Ihrer Kleinen in Bilderausstellungen. Viele Museen bieten besondere Führungen für Kinder oder Eltern mit Kindern an. Regen Sie Ihre Tochter zum Schauen an, denn dies ist die Voraussetzung zum Malen. Gehen Sie viel mit ihr nach draußen und machen Sie sie auf schöne Dinge aufmerksam. Ganz besonders wichtig: Üben Sie keinerlei Druck auf Ihre Tochter aus, weder im Hinblick darauf, dass sie überhaupt malen soll, noch darauf, was und wie sie malen soll. Damit würden Sie nämlich eher das Gegenteil erreichen. Falls Ihre Tochter jetzt noch wenig Lust zum Malen hat, lassen Sie Ihr Zeit. In einem bis zwei Jahren macht es ihr wahrscheinlich großen Spaß. Wenn Kinder beim Malen, Kneten oder Basteln nicht gegängelt werden, dann haben sie damit eine gute Möglichkeit, ihren Alltag zu beschreiben, ihre Sorgen und Wünsche auszudrücken, sich Langeweile zu vertreiben, ihre Träume darzustellen und sich selbst innerhalb der Familie einzuordnen. Das kann aber nur funktionieren, wenn das Kind vollkommen freiwillig und ohne jeglichen Druck und ohne Vorgaben an die „Arbeit" geht. Wichtig ist vor allem, dass das Kind für seine Werke nicht kritisiert wird. Das bedeutet aber nicht, dass man als Eltern alles nun gleichmäßig schön und toll finden muss. Es ist allemal besser, sich zum Beispiel über ein Bild zu unterhalten und sich vom Kind zeigen und erklären zu lassen, was darauf zu sehen ist, als es einfach nach den Kriterien „schön" oder „richtig" zu beurteilen.

Ist ein Kind dermaßen motiviert, wird es auch keine Extra-Anregung brauchen, was es zeichnen oder malen soll. Falls doch die Frage einmal kommt: „Mama, was soll ich malen?", sind Tipps gut wie: „Mal doch, was heute im Kindergarten los war", oder: „Mal doch einmal den Bauernhof, den wir kürzlich besucht haben." Dadurch wird das Kind nicht auf irgendwelche bestimmte Gegenstände festgelegt, sondern kann auch Emotionen in sein Bild einbringen.

? Unser Sohn ist drei Jahre alt und tobt am liebsten durch die Wohnung. Muss das sein?

Ja – auch wenn es für Sie anstrengend ist. Beim Toben trainieren kleine Kinder ihre motorischen Fähigkeiten, ihren Gleichgewichts-

Toben

Eine Ecke zum Toben, die vollständig mit Matratzen und Kissen ausgelegt ist, ist ein Paradies für kleine Kinder. Vielleicht findet sich ja Platz in der Wohnung?

sinn und ihre Körperbeherrschung. Gleichzeitig werden die körperlichen Kräfte aufgebaut, werden Muskeln, Gelenke und Knochen beim Wachstum unterstützt. Auch der Kreislauf und die inneren Organe bekommen dabei richtig Kraft. Außerdem bauen die Kleinen Spannungen und Aggressionen ab. Sie sehen also: Toben ist für Ihren Sohn eine ideale Beschäftigung. Natürlich ist es meist nicht ideal, wenn dies in der Wohnung geschieht. Die Verletzungsgefahren sind nicht gering, Nachbarn könnten sich beschweren und schließlich werden auch Ihre Nerven in Mitleidenschaft gezogen.

Versuchen Sie deshalb, möglichst häufig mit Ihrem Kind rauszugehen, in Parks, auf Spielplätze oder ins Schwimmbad, wo es sich nach Herzenslust austoben kann. Toben an der frischen Luft ist sogar noch gesünder. Zu Hause hat Ihr temperamentvoller Spross dann vielleicht auch mal Lust, etwas leiser zu spielen.

? Meine Tochter ist eineinhalb Jahre alt und verteilt ihr Spielzeug in der ganzen Wohnung. Ich möchte ihr möglichst früh etwa Ordnungssinn beibringen. Wie mache ich das?

Mit dem Ordnungssinn ist es wie mit vielen anderen Dingen: Ein Kind lernt am besten durch das Vorbild der Erwachsenen. Das ist das eine. Das andere: Gerade bei der Ordnung laufen die Bedürfnisse und Ansichten von Kindern denen von Erwachsenen oft sehr lange Zeit entgegen. Trotzdem ist es sinnvoll, möglichst früh auch die Ordnung in das Leben eines Kindes mit einzubeziehen. Das bedeutet einerseits: Sie räumen regelmäßig die Umgebung Ihres Babys auf. Sobald das Kind mobiler ist – bei Ihrer Tochter können Sie jetzt damit beginnen –, beziehen Sie es ins Aufräumen mit ein. Ihre Kleine darf Ihnen jetzt beim Aufräumen in der ganzen Wohnung helfen und wird dafür gelobt. Was die herumliegenden Spielsachen betrifft, so sollten Sie damit rechnen, dass Sie dies noch ein

Aufräumen

Machen Sie ein Spiel aus dem Aufräumen, dann macht es Spaß und prägt sich besser ein: Lassen Sie Ihr Kind ein Auto, einen Bagger oder einen Staubsauger sein, einzelne Teile „aufladen“ und dort, wo sie hingehören, wieder „abladen“. Dinge, die noch gebraucht werden, wie etwa eine Autobahn, ein Haus aus Kissen und Kartons oder ein Baustein-Gebäude, sollten auch ein paar Tage liegen bleiben dürfen.

paar Jahre aushalten müssen. Es wäre ungünstig, wenn Ihre Kleine nicht in der gesamten Wohnung spielen dürfte. Spielen heißt aber auch, dass Dinge herumliegen, die das Kind braucht. Wenn Sie ein- oder zweimal am Tag gemeinsam mit Ihrer Tochter alles wieder an seinen Platz bringen, lernt sie am besten, was Ordnung heißt.

? Unser Sohn, knapp zwei Jahre alt, ist ein echter „Sonnenschein" – leider allerdings manchmal auch ein wenig trotzig. Von allen Seiten höre ich, dass ich ihm Grenzen setzen muss. Aber wie?

Das gehört sicher zu den schwierigsten Erziehungsaufgaben, die Eltern haben, denn einerseits sollen Kinder ja möglichst viel Freiraum haben, damit sie sich gesund entwickeln können. Auf der anderen Seite benötigen sie dringend Grenzen, die sie immer wieder ausloten – manchmal auch überschreiten – müssen, um in ihrer Entwicklung weiterzukommen. Deshalb sind die richtigen Grenzen in jedem Lebensalter etwas anders.

Grenzen braucht das Kind aber auch zum eigenen Schutz. Beispiele: Ein Kind muss im Auto angeschnallt sein – da dürfen Sie als Eltern nicht nachgeben. Ist draußen Winter, braucht das Kind warme Schuhe, ob es will oder nicht – auch da ist Konsequenz der Eltern wichtig. Ein Kind darf auch nicht auf die Balkonbrüstung klettern – da würde niemand an der notwendigen Grenze zweifeln. Schwieriger wird es mit Grenzen, die das soziale Verhalten betreffen. Darf das Kind den Erwachsenen dazwi-

schenreden? Das kommt sicher auch auf das Alter an. Darf es andere Kinder verhauen? Das kommt sehr auf die Situation an. Muss es bei Tisch sitzen, bis alle fertig sind? Das ist Ansichtssache. Grenzen fangen spätestens da an, wo die Interessen oder Bedürfnisse anderer berührt werden. Auch Sie als Eltern haben Bedürfnisse, die Ihr Kind berücksichtigen muss – wenn es dies aufgrund seiner Entwicklung schon kann. Sie sehen: Grenzen sind wichtig, doch Grenzen müssen flexibel gesetzt werden, und zwar immer der Entwicklung des Kindes und den Bedürfnissen seiner Umgebung angepasst. Allerdings darf das nicht dazu führen, dass heute etwas erlaubt ist, was morgen verboten wird. Konsequenz ist von zentraler Bedeutung! Wichtig ist es auch, zu wissen, dass ein kleines Kind sehr viele Entscheidungen einfach noch nicht treffen kann. Das müssen ihm die Eltern abnehmen – auch wenn es sich im ersten Moment dagegen wehrt. Das gehört zur normalen Entwicklung, denn das Kind muss ja lernen: Wie weit kann ich gehen? Was passiert, wenn ich jetzt die Grenze überschreite?

? Eigentlich ist unser Sohn, eineinhalb Jahre alt, ein liebes Kind. Aber im Sandkasten wird er zum „Rambo" – er schubst, schlägt und zieht andere Kinder an den Haaren. Wie kommt das bloß?

Das ist im Alter Ihres Sohnes ziemlich normal. Ihr Kind ist jetzt schon an anderen Kindern interessiert, hat aber die richtigen Kommunikationsformen noch nicht drauf. Es weiß einfach nicht,

Tipp

„Richtiges“ Verhalten lernen Kinder durch Vorbilder und aufgrund von Reaktionen. Bei kleinen „Sandkasten-Rambos“ ist es wichtig, dass man als Eltern ruhig, aber bestimmt bleibt. Wird man wütend, fühlt sich das Kind abgelehnt – und ein so Kleines weiß dann einfach nicht, warum.

dass sein Verhalten weh tut oder als aggressiv empfunden wird. Das lernt er jetzt durch die Reaktionen, die er damit auslöst. Gehen Sie davon aus, dass Ihr Kleiner nicht böse ist. Falls er Kinder schubst, die ihm körperlich ebenbürtig oder überlegen sind, können Sie abwarten, was passiert. Oft „regeln“ die Kleinen das ganz schnell untereinander. Das ist dann die allerbeste Schule für Ihren kleinen Sohn. Vergreift er sich allerdings an Kleineren oder wehren sich die Größeren nicht, sollten Sie eingreifen. Sagen Sie ihm dann ganz ruhig: „Nein, das darfst du nicht, das tut dem anderen Kind weh, hör bitte sofort auf damit“.

Macht er das nicht, nehmen Sie ihn aus der Sandkiste und setzen sich mit ihm eine Weile auf die Bank. Hat sich alles wieder beruhigt, können Sie ihn weiterspielen lassen. Wird der Streit im Sandkasten allerdings zu schlimm und ist ihr Sohn wieder der Auslöser, sollten Sie möglichst ohne große Umstände die Sachen packen und den Spielplatz verlassen. Machen Sie Ihrem Kleinen aber keine Vorwürfe und erklären Sie ihm jeweils immer nur einmal kurz und direkt nach der „Tat“ seine Verfehlung. So lernt er am schnellsten, was er nicht darf, welche Konsequenzen es für ihn hat, wenn er es dennoch tut.

? Unsere Tochter ist 18 Monate alt und isst schon, seit sie elf Monate alt war, bei unseren Familienmahlzeiten mit. Jetzt wird sie zunehmend mäkeliger. Am liebsten würde sie jeden Tag nur Nudeln ohne Soße essen! Das geht doch nicht?

Im zweiten Lebensjahr, wenn der Übergang zur Familienmahlzeit immer mehr Abwechslung in den Speiseplan bringt, entwickeln Kinder oft sehr ausgefallene Vorlieben und Abneigungen. Am besten lässt sich diese Phase bewältigen, wenn man kein großes Aufhebens davon macht und die Kinder einfach das essen lässt, was ihnen schmeckt, auch wenn sie dann ein paar Tage lang scheinbar immer nur das Gleiche essen. Wenn man genau hinsieht, zum Beispiel ein Ernährungsprotokoll anfertigt, stellt sich meist heraus, dass der Speiseplan vielseitiger ist, als er auf den ersten Blick wirkt.

Eine bewährte Methode ist auch die: Erklären Sie Ihrer Tochter, dass sie nichts essen muss, was sie nicht mag, dass sie aber alles probieren soll, was es gibt, denn man kann nur dann entscheiden, ob man

Das „Wunschessen"

Ein Versuch mit kleinen Kindern hat einmal gezeigt: Dürfen Kinder ohne Druck aus einem großen Nahrungsangebot selbst aussuchen, was sie essen wollen, so ist die Ernährung anfangs sehr einseitig. Es wird nur nach Lieblingsspeisen gegriffen. Doch nach ein paar Tagen stellen die Kleinen ihre Ernährung schon viel besser zusammen.

etwas mag oder nicht, wenn man es einmal probiert hat. Die meisten Kinder lassen sich davon überzeugen und erweitern ihren Speiseplan recht schnell wieder. Die „Mäkelphase“ geht am schnellsten vorbei, wenn man ihr möglichst wenig Beachtung schenkt. Übrigens: Ein gesundes, normal entwickeltes Kind erleidet keinen Schaden, wenn es ein paar Tage einseitig oder einen Tag auch einmal gar nichts isst.

? Mein zweijähriger Sohn mag sich an Fasching/Karneval nicht verkleiden. Ist das normal?

Ja, völlig. Kinder entwickeln sich ja erst im dritten Lebensjahr ganz deutlich zum eigenständigen „Ich“. Erst wenn sie sich selbst vollständig erleben, können sie sich auch in andere hineinversetzen. Sich zu verkleiden ist ja so etwas wie ein Rollenwechsel. Zweijährige empfinden dies häufig als etwas Bedrohliches und Beängstigendes. Sie wollen sie selbst sein, sie können sich noch nicht vorstellen, jemand anderer zu sein. Das ändert sich in einem bis zwei Jahren total. Dann rücken Rollenspiele, zu denen auch das Verkleiden gehört, in den Mittelpunkt der kindlichen Spielaktivitäten.

? Unsere Tochter ist zwei Jahre und drei Monate alt. Sie möchte neuerdings alles alleine machen: sich anziehen, Brot schmieren, Türen aufschließen etc. Vieles kann sie natürlich noch nicht. Das macht sie wütend. Wie helfe ich ihr?

Mit viel Geduld. Lassen Sie Ihr Kind ausprobieren, lassen Sie sie Fehler machen und trösten Sie Ihre Tochter, wenn sie wütend ist, weil etwas nicht klappt. Ihr Verhalten ist übrigens typisch für ihr Alter. Die geistige Entwicklung macht da oft große Fortschritte, mit denen die körperlichen Fähigkeiten nicht ganz Schritt halten können. Sie helfen Ihrer Tochter am meisten, wenn Sie sich viel Zeit für ihre Versuche nehmen. Ideal ist es, wenn Sie möglichst selten zu ihr sagen: „Das kannst du noch nicht, lass mich mal." Viel besser ist: „Probier das doch mal aus. Wenn es nicht klappt, helfe ich dir."

Damit machen Sie ihr Mut und stärken ihr Selbstwertgefühl. Sie muss dann auch nicht so wütend werden, weil sie etwas nicht kann oder nicht darf.

Natürlich kostet so viel Geduld für ein Kind in diesem Alter Sie auch sehr viel Zeit. Gerade berufstätige Mütter haben diese allerdings meist nicht. Wenn sogar noch mehrere Kinder zu versorgen sind, bleibt oft für das übende Zweijährige nicht so viel Zeit übrig. Trotzdem sind diese Selbstständigkeitsversuche für die Entwicklung enorm wichtig. Die beste Lösung ist es deshalb wahrscheinlich, Kompromisse mit dem Kind zu finden, etwa die Vereinbarung: „Wenn morgens die Zeit knapp ist, ziehe ich dich noch eine Weile an, damit wir schneller zur Tagesmutter oder in die Tagesstätte kommen. Abends darfst du dich in aller Ruhe alleine ausziehen. Und am Wochenende zeigst du mir dann, wie gut und schnell du dich schon anziehen kannst." Solche Vereinbarungen sind für das Kind von Bedeutung, denn es erfährt, dass die äußeren Umstände für die Eile verantwortlich sind, nicht seine eigene Unfähigkeit. Gerade weil Kinder noch nicht alles perfekt beherrschen, sind sie sehr schnell in ihrem Bemühen, etwas zu lernen, zu verunsichern und zu entmutigen. Aber gerade als „gehetzte" Mutter ist man ja schließlich froh, wenn das Kind schon viel selbst kann. Um dies alles zu lernen, braucht ein Kind einfach Zeit und Ermutigung.

? Unser Sohn hat seit seinem siebten Lebensmonat immer in seinem Bett durchgeschlafen. Jetzt, mit eindreiviertel Jahren, wird er plötzlich nachts wieder wach und ist sehr unruhig. Was ist bloß los mit ihm?

Vermutlich ist nichts Außergewöhnliches los mit Ihrem Sohn. Es kommt ziemlich häufig vor, dass Kinder immer mal wieder Phasen durchmachen, in denen sie nachts aufwachen. „Physiologische Schlafstörungen" nennen das Experten, das sind normale, entwicklungs-

Physiologische Schlafstörungen

Entwicklungsbedingte Schlafstörungen treten häufig dann auf, wenn das Kind gerade einen besonderen Entwicklungsschub macht oder sein Leben in neue Bahnen gelenkt werden: Laufen lernen, in den Kindergarten kommen, mit der Schule beginnen.

bedingte Schlafstörungen. Im zweiten Lebensjahr vergrößert das Kind durch das Laufen seinen Aktionsradius enorm und erlebt jeden Tag viele neue, aufregende Dinge. Vieles davon muss nachts, im Schlaf und Traum, verarbeitet oder etwas „nachbearbeitet" werden. Da der Schlaf in unterschiedlichen Phasen abläuft und das Kind dazwischen immer wieder kurz aufwacht, kann es zu diesen Problemen kommen. Die beste Hilfe: Trösten Sie Ihren Sohn, wenn er wach wird. Lassen Sie die Tür zu seinem Zimmer ein wenig offen oder eine Schlummerlampe brennen. Sie sollten ihn aber nach Möglichkeit nicht aus dem Bett holen. Meist ist diese Phase dann bald wieder vorbei.

? Demnächst wird unser Sohn drei Jahre alt, und er nimmt immer noch den Schnuller. Ich finde das nicht schön und möchte gern, dass er ihn aufgibt. Wie gewöhnt man einem Kind den Schnuller ab?

Vielleicht ist es ja sinnvoll, wenn Sie noch ein wenig Geduld aufbringen, denn sehr viele Kinder geben ihren Schnuller zwischen drei und vier Jahren von sich aus auf. Man sollte nicht vergessen: Das Nuckeln am Schnuller, Daumen oder einer Schmusedecke ist keine üble Angewohnheit von Kindern, sondern ein Bedürfnis. Sie werden mit einem Saugreflex geboren, später bleibt das Bedürfnis zu saugen lange erhalten. Mit dem Schnuller wird es befriedigt. Darüber hinaus reagieren Kleinkinder beim Nuckeln nervöse Spannungen ab und der Nuckel (oder was sonst sie sich auserkoren

haben) vertreibt Ängste, gibt das Gefühl von Sicherheit und Geborgenheit. Daraus ergibt sich natürlich der Grund, warum manche Kinder sich äußerst ungern von ihrem Nuckel trennen. Allerdings kann man mit einem Drei- oder Vierjährigen schon recht vernünftig darüber reden, das Schnullern sein zu lassen, vor allem tagsüber, im Kindergarten oder unterwegs, wenn es passieren kann, dass das Kind von anderen deswegen gehänselt wird. Ist das Kind erst einmal einverstanden damit, den Schnuller aufzugeben, kann man es mit hübschen Ritualen unterstützen, zum Beispiel mit einer großen Abschiedsprozession zur Mülltonne, in die das Kind den Schnuller dann selbst hineinwirft. Ein kleines Geschenk (Püppchen, Auto, Bilderbuch usw.), das den Abschiedsschmerz lindern soll, kommt meist auch sehr gut an. Auf keinen Fall sollte man den Schnuller einfach verschwinden lassen. Außerdem sollte immer noch ein „Notschnuller" zur Hand sein, falls das Kind nachts doch noch mal einen braucht, was sehr häufig vorkommt, oder falls es eben doch noch nicht ganz so weit war.

? Unsere Tochter ist knapp drei Jahre alt und furchtbar schüchtern. Ich finde, sie sollte auch mit anderen Kindern spielen, sich ab und zu von meinem Rockzipfel lösen. Kann ich ihr helfen?

Ja. In erster Linie dadurch, dass Sie Ihrer Tochter zutrauen, dass sie ihre Angst und Schüchternheit überwindet. Vermutlich wird zwar aus einem schüchternen Kind nie ein „Draufgänger", aber das muss ja auch nicht sein. Für Ihre Tochter ist es wichtig, dass sie ihre Angst vor anderen Menschen, insbesondere vor anderen Kindern, überwindet – spätestens bis zum Schuleintritt.

Das Vertrauen, das Sie in sie setzen, macht der Kleinen Mut. Gehen Sie zum Beispiel mit ihr auf den Spielplatz. Ziehen Sie sich auf eine Bank am Rand zurück, dann kann sie Kontakt zu anderen Kindern aufnehmen. Falls dies nicht klappt, laden Sie Eltern mit anderen Kindern zu sich nach Hause ein. Lassen Sie die Kinder im Kinderzimmer alleine spielen. Ihre Kleine braucht die Erfahrung und die Bestätigung, dass sie mit anderen zurecht kommt. Von Ihrer Seite ist Verständnis sehr wichtig.

Ganz besonders wichtig ist es auch, dass Sie Ihrer Tochter die Schüchternheit nicht zum Vorwurf machen. Auch besondere Ermahnung wie „Stell' dich doch nicht so an" sind ebenso falsch wie der Versuch, das Verhalten des Kindes lächerlich zu machen. Vor allem, wenn Sie selbst eher zu den zurückhaltenden, schüchternen Menschen gehören, sollten Sie Ihre Tochter nur sehr sanft zu neuen Kontakten ermutigen, denn ein Kind lernt sein Sozialverhalten auch von den Eltern. Erlebt es schüchterne Vorbilder, ist die Wahrscheinlichkeit der eigenen Schüchternheit sehr groß.

Schüchterne Kinder brauchen vor allem Unterstützung ihres Selbstvertrauens, also keine Kritik, sondern Lob, wenn etwas gut gelungen ist – in allen Lebensbereichen. Vor allem Bemerkungen wie „Das lernst du nie", „Da bist du noch zu klein dafür", „Das ist viel zu schwer für dich" oder „Kaputt machen kann ich es auch alleine" können schüchterne Kinder noch mehr entmutigen. Lob in der Art von: „Es macht Spaßt, mit dir zu spielen", „Toll, wie du das machst", „Ich freue mich, dass ich dich habe" oder „Du bist mein kleiner Sonnenschein" geben dem Kind mehr Mut, als man sich vorstellen kann.

? Manchmal ist unsere dreijährige Tochter nicht auszuhalten. Ohne sichtbaren Grund brüllt sie los, wirft sich auf den Boden und ist nicht mehr zu beruhigen. Was mache ich nur?

Ihre Tochter befindet sich offensichtlich in der Trotzphase. Der modernere Begriff dafür ist „Autonomiephase". Dies ist eine sehr wesentliche Entwicklungsphase auf dem Weg zur Eigen- und Selbstständigkeit. Kinder machen meist mehrere solche Phasen durch – so auch zum Schuleintritt und vor allem noch einmal in der Pubertät. Es ist also nicht Bösartigkeit, die Ihre Tochter zu Tobsuchtsanfällen veranlasst, sondern das Bemühen um mehr Selbstständigkeit. Sie will vieles können und tun und erlebt täglich, dass ihr dies nicht gelingt oder dass sie es nicht darf – letzteres meist aus gutem Grund. Darunter leidet sie jedoch, und das bringt sie so sehr in Rage. Vielleicht ist es für Sie beruhigend, dies zu wissen, und vor allem auch zu wissen: Sie haben nichts falsch gemacht, denn Ihre Tochter befindet sich in einer völlig

normalen und sehr wichtigen Entwicklungsphase. Trotz dieses Wissens müssen Sie natürlich mit der Situation umgehen. Sie helfen sich und Ihrer Tochter am meisten, wenn Sie nur regeln und verbieten, was wirklich unbedingt nötig ist. Das Kind stößt im Augenblick ohnehin unablässig an Grenzen. Versuchen Sie auch, Ihrer Tochter die Möglichkeit zu geben, sich auf Situationen einzustellen. Kündigen Sie an: Wir gehen nachher einkaufen, heute Nachmittag treffen wir Felix und seine Mama auf dem Spielplatz usw. Unterstützen Sie alle Selbstständigkeitsbestrebungen Ihrer Tochter. Binden Sie sie in die Hausarbeit ein. Planen Sie ausreichend Zeit ein, damit sie sich allein anziehen kann. Zeigen Sie der Kleinen in ruhigen Phasen verstärkt, dass Sie sie lieb haben. Wenn sie sich dann doch einmal schreiend auf dem Boden wälzt, versuchen Sie ruhig zu bleiben und nicht wütend zu werden. Machen Sie sich immer klar: Die Kleine leidet selbst am meisten. Warten Sie ab, bis sie sich beruhigt hat. Im Anfall erreichen Sie Ihr Kind sowieso nicht, sondern erst danach wieder.

? Neuerdings will unsere Dreijährige überhaupt nicht mehr alleine spielen, sondern nur noch mit anderen Kindern. Ist niemand da, findet sie alles fad und wird quengelig. Ist das normal?

Ja, das ist völlig normal. Im dritten Lebensjahr werden andere Kinder als Spielkameraden immer bedeutsamer für ein Kind. Sie lösen sich langsam ein wenig von den Eltern. Dieser Ablösungsprozess macht dem Kind die Überlegenheit von Mutter und Vater klar, was verwirrend ist und manchmal zu heftigen Trotzreaktionen führt.

Tipp

Wenn das Kind am liebsten nur noch mit anderen Kindern spielt, melden Sie es doch in einer Kindergruppe an. Falls der örtliche Kindergarten nicht in Frage kommt: Häufig werden auch Sport-, Mal- oder Musikgruppen für kleinere Kinder angeboten.

Das mag der eine Grund sein, warum sie jetzt lieber Spielgefährten „auf Augenhöhe“ haben. Hinzu kommt, dass Dreijährige im Spiel ihre soziale Umwelt erfassen und kennen lernen und eigene soziale Fähigkeiten entwickeln. Das geht besonders gut im Rollenspiel mit anderen Kindern. Unterstützen Sie also nach Möglichkeit das Kontaktbestreben Ihrer Tochter.

Falls aber einmal keine anderen Kinder „aufzutreiben“ sind, gibt es doch einige Spiele, mit denen Sie Ihr Kind faszinieren können. Geben Sie Ihrer Dreijährigen alte Kleidung von sich selbst: T-Shirts, Pullis, Tücher, Gürtel und Schuhe. Damit kann sie sich verkleiden und „Mama“ spielen. Am besten spielen Sie dann das Kind, das heißt, Sie tauschen die Rollen. Das geht natürlich auch ohne Verkleiden. Oft bekommen Eltern bei solchen Spielen einen ganz interessanten Spiegel über ihr eigenes Verhalten

vorgehalten. Auch Rollenspiele mit Plüschtieren oder Puppen begeistern Kinder im Alter Ihrer Tochter. Wenn Sie dabei mitmachen, ist es natürlich noch viel schöner. Sicher macht es Ihrer Tochter auch großen Spaß, sich vor dem Spiegel zu „schminken" oder sich mit Mamas Schmuck zu schmücken. Sie können Ihr dafür fast leere Lippenstifte und Make-up- oder Puderdosen sowie Ketten und Ringe zur Verfügung stellen.

Spielideen

Mit kreativen Spielen lassen sich Dreijährige meist auch dann gut beschäftigen, wenn sie mal keine Spielkameraden zur Verfügung haben.

- Kneten und basteln mit Salzteig: Dafür 2 Teile Mehl, 1 Teil Salz und ein paar Tropfen Speiseöl mit Wasser vermischen, bis ein knet- und formbarer Teig zu Stande kommt. Der kann dann mit flüssiger Lebensmittelfarbe nach Wunsch eingefärbt werden. Die „Kunstwerke" können an der Luft trocknen. Salzteig bleibt in einem geschlossenen Gefäß im Kühlschrank haltbar.
- Ketten auffädeln: Bunte Glassteine oder alte Knöpfe lassen sich wunderbar zu hübschen Schmuckketten auf festen Zwirn, Angelschnur oder Wollfäden auffädeln.
- Ausschneiden und aufkleben: Bilder aus einem alten Katalog, Blätter aus dem Garten, Stoffreste, Watte, Knöpfe und kleine Steinchen kann das Kind zu einem hübschen Bild auf Karton kleben.

Das Kindergartenkind

? Unser Sohn ist dreieinhalb Jahre alt und recht temperamentvoll. Sollen wir ihm jetzt schon ein Kinderfahrrad kaufen?

Für den Anfang eignet sich am besten ein Kinderrad ohne Pedale, das vom Kind mit den Füßen vorwärts bewegt wird. Vielleicht hat Ihr Sohn ja schon ein solches. Der Vorteil dieses Rades: Das Kind lernt optimal seinen Körper auszubalancieren. Es kann die Geschwindigkeit gut dosieren, weil es die Füße stets auf dem Boden hat. So ist es ihm auch möglich, immer rechtzeitig zu bremsen. Kinder entwickeln eine unglaubliche Geschicklichkeit auf einem solchen Rad. Sie benötigen in der Regel später keine Stützen mehr, um ein „richtiges“ Fahrrad zu lenken. Das sollte Ihr Sohn erst im fünften Lebensjahr bekommen. Bedenken Sie bitte, dass ein Fahrrad für ein so kleines Kind auf alle Fälle ein Spielgerät ist, kein Verkehrsmittel. Mit diesem Spielzeug lernt Ihr Kind eine Menge. Es trainiert die Geschicklichkeit seines Körpers, die Koordination von Augen, Händen, Beinen, den Gleichgewichtssinn sowie die Fähigkeit, sich im Raum zu bewegen und – trotz der Geschwindigkeit –, nirgends anzuecken. Dieses Trai-

Kinder auf dem Fahrrad

Kinder unter acht Jahren dürfen nur auf dem Fußweg mit dem Fahrrad fahren. Erst danach dürfen sie auf die Straße. Das ist in der Straßenverkehrsordnung so vorgeschrieben.

ning muss es aber in einem weitgehend gefahrenfreien Raum absolvieren – also auf keinen Fall im Straßenverkehr. Gehsteige sollten als „Rennstrecke“ nur dann erlaubt werden, wenn das Kind das Rad bereits einigermaßen beherrscht, also jederzeit anhalten kann, und in der Lage ist, Hindernissen auszuweichen. Gerade in gut besuchten Fußgängerzonen in Städten oder auf stark frequentierten, schmalen Gehwegen in Wohnvierteln kann es sonst schnell zu Kollisionen kommen, oft mit schlimmen Folgen. Das Tragen eines Sturzhelms sollte selbstverständlich sein.

Welchter Sport ab wann?

Bewegung ist für die gesamte, auch die geistige und seelische Entwicklung eines Kindes von elementarer Bedeutung. Mehr als 80 000 Sportvereine bieten in Deutschland auch Sport für die Kleinsten an.

Besonders geeignet sind

- ab vier Jahren: Turnen, Fußball, Skifahren, Ballett
- ab fünf Jahren: Leichtathletik, Basket- oder Volleyball, Judo
- ab sechs Jahren: Schwimmen

? Ab wann kann unsere Tochter, knapp vier Jahre alt, einen Skikurs machen?

Skischulen bieten teilweise Skikurse für Kinder ab vier, teilweise auch erst ab fünf Jahren an. Besonders wichtig ist, dass Ihre Tochter den Kurs auch machen will. Vermutlich haben Sie die Kleine schon öfter im Winterurlaub dabei gehabt. Dann kennt sie den Sport und mag wahrscheinlich von sich aus das tun, was auch ihre Eltern machen. Ihre körperliche Entwicklung ist mit vier Jahren sicher so weit, dass sie einen speziellen Kinder-Skikurs bewältigen kann. Zwischen vier und fünf sind Jahren Kinder in einer idealen Phase für Sportarten, bei denen es auf gute Balance ankommt. Dabei werden gleichzeitig Gleichgewicht, Geschicklichkeit, Beweglichkeit, Kraft, Ausdauer und Koordination gefördert. Wichtigste Voraussetzung ist aber immer, dass das Kind Spaß am Sport hat und dass es ohne Druck üben darf.

? Unsere Tochter ist viereinhalb Jahre alt und ganz versessen auf Schmuck für ihre Puppen. Kann ich sie schon selbst Ketten basteln lassen?

Ja. Mit viereinhalb Jahren kann Ihre Tochter bestimmt Perlen auf Schnüre auffädeln. Das ist eine gute Übung für die Feinmotorik und für die Konzentrationsfähigkeit. Besorgen Sie Ihr möglichst große Perlen aus Glas und/oder Holz. Lassen Sie Ihre Tochter aber die Sachen selbst aussuchen, damit sie ihr sicher gefallen. Tolle Ketten lassen sich auch aus alten Knöpfen

Tipp

Ab etwa dem fünften Geburtstag (manchmal etwas früher oder etwas später) können Kinder schon mit einer „Strickliesel“ umgehen. Man kann damit schöne, bunte Strickschnüre produzieren und aus diesen Schnüren wiederum schöne andere Dinge.

basteln. Anhänger für Hals- und Armketten kann sie aus Stoffresten machen: Einfach verschiedene Stoffe ausschneiden, aufeinander kleben, ein Loch durchstechen und auf eine Schnur fädeln. Sie kann auch schon eine dicke Sticknadel (an der Spitze abgerundet) verwenden und damit hübsche Sachen aneinander nähen – etwa für eine Puppenschärpe oder eine besonders lange Kette.

? Unser Sohn geht seit ein paar Monaten in den Kindergarten. Seitdem schleppt er eine Erkältung nach der anderen nach Hause. Können wir irgendwie vorbeugen?

Die beste Vorbeugung ist eine Vitamin-C-reiche Ernährung mit viel frischem Obst, Gemüse und Salat. Falls Ihr Kind ein Frischkost-Verächter ist, hilft auch frisch gepresster Saft oder Saft mit Vitaminzusatz. Außerdem ist eine dem Wetter angepasste Kleidung wichtig. Unterkühlungen schwächen die Abwehrkräfte. Viel Bewegung an der frischen Luft – auch bei schlechtem Wetter – stärkt ebenfalls die Abwehr. Im Übrigen müssen Sie sich wohl mit häufigen Infekten abfinden – bis zu zehn im Jahr gelten im Alter Ihres Sohnes als normal. Der Grund: Das Immunsystem wird erst aufgebaut. Bei jeder Auseinandersetzung mit Erregern erhält der Körper „Trainingseinheiten“ und wird dabei gegen viele immun. Da es fast 200 verschiedene Schnupfenviren gibt, dauert es natürlich, bis der größte Teil „durchgemacht“ ist. Wenn Ihr Sohn ansonsten gut entwickelt und munter ist, brauchen Sie sich wegen der häufigen Erkältungen keine Sorgen zu machen. Wirkt er allerdings insgesamt etwas kränklich oder befürchten Sie eine erhöhte Anfälligkeit (sie ist sehr selten), sollten Sie Ihren Kinderarzt um Rat fragen.

? Manchmal habe ich den Eindruck, unser Sohn, knapp fünf Jahre alt , wächst kaum noch. Seine Hosen werden plötzlich viel langsamer zu klein. Wie stelle ich fest, ob er sich normal entwickelt?

Im fünften Lebensjahr verlangsamt sich das rasante Längenwachstum der ersten Jahre ein wenig. Durchschnittlich wachsen Kinder in diesem Jahr etwa sechs Zentimeter. Allerdings ist auch hier die Entwicklungsgeschwindigkeit von Kind zu Kind sehr unterschiedlich. So gelten Abweichungen von bis zu sechs Zentimeter nach oben und unten als normal. Ob Ihr Sohn wächst, können Sie ganz einfach feststellen: Machen Sie an einem Türstock oder an einer Wand im Kinderzimmer regelmäßig einen Größencheck und halten Sie Größe und Datum mit einem Stift fest. Es gibt auch Messlatten mit lustigen Motiven für Kinder, an denen Sie das Wachstum überprüfen können. Wichtig: Das Kind muss ganz gerade davor stehen, am besten mit Fersen und Hinterkopf anliegen. Legen Sie ein Lineal auf den Kopf und machen Sie erst dann den Strich. Sonst werden die Messungen zu ungenau. Bleiben dann immer noch Zweifel, sollten Sie den Kinderarzt um Rat fragen.

? Unsere Kleine ist viereinhalb Jahre alt und schon 110 cm groß. Damit überragt sie alle Kinder, die wir kennen. Müssen wir etwas unternehmen, damit sie keine „Riesin“ wird?

Mit ihrer Größe liegt Ihre Tochter noch im Normbereich für ihr Alter – allerdings an der oberen Grenze. Sie müssen und können

im Augenblick nichts gegen das rasche Längenwachstum unternehmen. Sprechen Sie bei der nächsten Vorsorgeuntersuchung einmal mit Ihrem Kinderarzt darüber. Eine Behandlung mit wachstumsbremsenden Hormonen kommt erst mit zehn bis elf Jahren in Frage. Zuvor müsste mit einer Röntgenaufnahme der Handwurzelknochen an der linken Hand das so genannte Knochenalter gemessen werden, aus dem man die endgültig zu erwartende Körpergröße berechnen kann. Die „Hormonbremse" ist sehr umstritten und wird von vielen Experten abgelehnt, denn Körpergröße ist keine Krankheit, und mit den Hormonen (bei Mädchen Östrogen, bei Jungen Testosteron) wird in einen gesunden Organismus eingegriffen. Die Knochenreifung wird beschleunigt, das Wachstum dadurch abgekürzt. Insgesamt kann die berechnete Endgröße um acht bis zehn Zentimeter reduziert

Tipp

Im Vorsorgeheft für Kinder sind in aller Regel Kurven abgedruckt, die das normale Wachstum im Laufe der Lebensjahre zeigen. Dort kann man ablesen, ob ein Junge oder ein Mädchen im Verhältnis zum Alter groß genug ist und ob das Verhältnis von Größe zu Gewicht optimal ist.

werden. Dafür ist aber eine Behandlungsdauer des Kindes von eineinhalb bis zwei Jahren notwendig.
Die Nebenwirkungen der Medikamente sind auch nicht ohne: Gewichtszunahme, Übelkeit, Hautflecken, Zyklusstörungen, erhöhter Blutdruck bei Mädchen. Jungen bekommen vermehrt Akne und zeigen größere Aggressivität. Außerdem können die Hoden vorübergehend kleiner werden.

? Seit ein paar Wochen geht unser Sohn nun in den Kindergarten. Er ist viereinhalb Jahre alt und hat schon seit einem halben Jahr keinen Mittagsschlaf mehr gemacht. Warum legt er sich neuerdings mittags freiwillig wieder hin?

Vermutlich ist die Umstellung von zu Hause auf den Betrieb im Kindergarten sehr anstrengend für Ihren Sohn. Obwohl viele Kinder um den vierten Geburtstag herum mittags nicht mehr schlafen, können doch Situationen entstehen, die sie müde machen. Das erleben ja auch wir Erwachsene.
Neu im Kindergarten oder in der Schule zu sein, kostet viele Kinder so viel Energie, dass sie sich vorübergehend mittags wieder hinlegen wollen. Lassen Sie Ihrem Sohn also den Mittagsschlaf. Falls Sie besorgt sind, dass er dann abends nicht mehr

Tipp

In den meisten Kindergärten ist Elternarbeit sehr gefragt. Wenn Sie Zeit haben, bieten Sie doch Ihre Mithilfe bei besonderen Aktionen an, stehen Sie auch für den Elternbeirat zur Verfügung. So können Sie einiges für den Alltag Ihres Kindes mitgestalten.

rechtzeitig müde wird, wecken Sie ihn nach einer halben Stunde aus dem Mittagsschlaf. Sollte er nicht nur müde sein, sondern auch unglücklich wirken, wenn er aus dem Kindergarten kommt, fragen Sie einmal die Erzieherin, was ihn am Vormittag aus der Fassung bringen könnte. Ein intensiver, freundlicher Austausch zwischen Kindergarten und Eltern ist sehr positiv fürs Kind.

? In letzter Zeit erzählt unsere vierjährige Tochter oft recht eigenartige Geschichten von grünen Männchen auf dem Spielplatz oder von Monstern hinter dem Vorhang, die offensichtlich erfunden sind. Warum tut sie das?

Sie müssen sich überhaupt keine Sorgen machen. Ihre Tochter verhält sich völlig normal für ihr Alter. Kinder haben eine blühende Phantasie. Etwa bis zum Schulalter vermischen sie diese noch häufig mit der Realität. Besonders intensiv treten solche „Mischungen" zwischen drei und fünf Jahren auf. Manche Experten sprechend deshalb auch von einer „magischen Phase". Eigentlich wirkt ein Kind da ja schon recht vernünftig, ist meist auch ziemlich

selbstständig. Deshalb erschrecken die Eltern oft, wenn der Sohn oder die Tochter dann plötzlich Lügen oder seltsame Geschichten erzählt. Manche Kinder erfinden auch unsichtbare Gefährten für sich, was Mütter und Väter meist besonders beunruhigt. Tatsächlich gibt es dafür aber keinen Grund. Ihr Kind trainiert damit seine geistigen Fähigkeiten, übt unterschiedliches Verhalten und überwindet Ängste und Frustrationen. Im Grunde sind solche Phantasiegestalten, die das Leben des Kindes jetzt bereichern, nichts anderes, als in einer früheren Entwicklungsphase ein Bauklotz, der zum Auto wurde, ein Stuhl, unter dem man sich ein Haus eingerichtet hat oder ein Stöckchen, mit dem man zaubern konnte. Etwa zum Schuleintritt werden Kinder dann realistischer mit dem, was sie erzählen, ihre Phantasien behalten sie dann mehr für sich. Eine Lüge setzt übrigens die Absicht voraus, sich damit selbst einen Vorteil zu verschaffen oder jemand anderem damit zu schaden. Dazu sind Vierjährige noch gar nicht fähig. Das lernen Kinder etwa erst mit rund acht Jahren.

? Meine Mutter ist über 80 und sehr krank. Vielleicht wird sie bald sterben. Wie kann ich mit unserem knapp vierjährigen Sohn über den Tod sprechen?

So ehrlich wie möglich. Kinder gehen meist viel unverkrampfter und selbstverständlicher mit der Tatsache Tod um als viele Erwachsene. Was Sie Ihrem Kind im Einzelnen erklären, hängt stark davon ab, wie Sie selbst dazu stehen und was Sie glauben. Daran sollten Sie Ihr Kind teilhaben lassen, denn es wird spüren, wenn Sie selbst überzeugt sind. Abschied, Sterben, Tod, Trauer und die Hoffnung auf eine Auferstehung oder ein Weiterleben kann einem Kind auch sehr gut mit dem Werden und Vergehen in der Natur erklärt werden. Was besonders wichtig ist: Trauer, Tränen, Kummer und Schmerz müssen akzeptiert sein. Lassen Sie sich selbst und Ihrem Kind Zeit zu trauern. Nehmen Sie Tränen an. Das hilft dabei, das Unfassbare zu verarbeiten, denn unfassbar wird der Tod in irgendeiner Weise immer für uns bleiben. Kinder können das oft sehr gut akzeptieren.

Was Sie auf keinen Fall tun sollten: Ihr Kind vor der Tatsache Tod bewahren zu wollen. Es ist zwar verständlich, wenn Erwachsene denken, sie müssten Kinder vor Tod und Trauer schützen, doch das ist leider nicht möglich. Wenn bei einem Trauerfall mit dem Kind nicht darüber gesprochen wird, bekommt es nur die Gefühle, die Veränderungen und die Trauer der Erwachsenen mit, kann sie aber nicht einordnen. Das kann zu Unsicherheiten führen, die ein Leben lang anhalten.

Psychologen und Theologen haben sich immer wieder mit den Themen „Kinder und Trauer“ und „Kinder und Tod“ beschäftigt. So hat etwa der berühmte Entwicklungspsychologe Jean Piaget (1896 bis 1980) herausgefunden, dass Kinder bei der Betrachtung von Lebendigem verschiedene Stadien durchlaufen. Grob ausgedrückt ist danach für die ganz Kleinen alles lebendig, was eine Funktion hat. Ein Stuhl „lebt“ dann, wenn man sich darauf setzen oder sich daran stoßen kann, eine Kerze, wenn sie brennt und Licht verstrahlt. „Tod“ ist also für die Kleinen eher eine vorübergehende Erscheinung, etwas wie sehr langer Schlaf.

Sechs- bis Achtjährige sehen Leben in allem, was sich bewegt. Ein Baum kann also durchaus manchmal „tot“ sein und wird nur bei Wind „lebendig“. Im nächsten Stadium, etwa zwischen acht und zwölf, wissen Kinder, dass alles, was sich alleine bewegt (Tiere, Menschen, aber auch Sonne oder Sterne) „lebendig“ ist. Erst im letzten Stadium dieser Entwicklung, ab ca. zwölf Jahren, ist dem Kind klar, dass nur Pflanzen, Tiere und Menschen lebendig sind. Da für die Kleinsten Tod vor allem eine Form von – zeitlich begrenztem – Verlust, Verbot oder Trennung ist, kann ein Todesfall in der Familie Angst auslösen, nämlich Angst vor Verlust. Oft klammert sich das Kind dann vorübergehend besonders stark an Mutter oder Vater und will nicht mehr alleine bleiben. Dann sollten die Eltern Verständnis aufbringen und das Kind trösten. Da der Tod ja für die Kleinen nichts Endgültiges ist, gehen solche Phasen meist recht rasch wieder vorbei. Denn die Sicherheit „Mama und Papa verschwinden (sterben) nicht“ kommt schnell wieder.

? Unser Sohn hatte noch nie Probleme beim Sprechen. Jetzt, mit fast fünf Jahren, beginnt er plötzlich zu stottern. Wie kann ich ihm helfen?

Auf alle Fälle ausreden lassen, kein Aufhebens davon machen, auf keinen Fall Druck ausüben mit Reden wie: „Denk erst nach, ehe du sprichst“. So etwas kann das Stottern erheblich verstärken, weil das Kind dann unsicher wird und Versagensängste bekommt. Es kommt sehr häufig vor, dass Kinder zwischendurch beim Sprechen holpern oder hängen bleiben. Experten sprechen deshalb in diesem Alter sogar vom entwicklungsbedingten Stottern. Der Grund: Die Gedanken sind schneller als die Sprechwerkzeuge. Immerhin müssen bis zu 100 Muskeln bewegt und koordiniert werden, um ein längeres Wort herauszubringen. Weil sich frühes Stottern auch zu einem langwierigen Leiden entwickeln kann, sollten Sie bei folgenden Alarmzeichen hellhörig werden:

Tipp

Singen Sie sehr viel mit Ihrem Kind. Beim Singen fließt der Atem besonders gut und rhythmisch, alles ist „offen“. Viele Menschen, die beim Sprechen stottern, haben beim Singen keine Probleme. Zudem haben Kinder Freude an Liedern und fühlen sich besonders wohl, wenn sie für ihren Gesang gelobt werden.

- Das Kind wiederholt einzelne Laute oder Silben sehr oft (zum Beispiel: „M-m-m-ma-ma-ma“).
- Es zieht einzelne Wörter auffällig in die Länge (zum Beispiel: „Biiiii-tte“).

- Es macht sehr lange Pausen zwischen den einzelnen Wörtern.
- Diese Probleme halten länger als sechs Monate an.

In diesen Fällen sollten Sie Ihren Kinderarzt aufsuchen und prüfen lassen, ob eine Sprachheiltherapie sinnvoll ist. Aber auch dann bleibt es wichtig, dass Sie möglichst geduldig mit Ihrem Kind umgehen, es ausreden lassen, es nicht unter Druck setzen, aber es auch nicht bemitleiden.

? Ständig fragt unser Sohn, dreieinhalb Jahre alt, was morgen, gestern und heute ist. Versteht er denn schon etwas von der Zeit?

Lange galt die Meinung, dass kleine Kinder überhaupt kein Zeitgefühl haben, weil sie vollkommen im Hier und Jetzt leben. Neuere Studien haben aber gezeigt, dass Kinder durchaus von Anfang an ein gewisses Zeitgefühl entwickeln, das sich aber lange deutlich von dem der Erwachsenen unterscheidet. Im vierten Lebensjahr beginnen die meisten Kinder, sich intensiv mit Zeitbegriffen auseinanderzusetzen. Sie fragen nach heute, gestern und morgen. Sie verstehen es aber nicht vollständig, weshalb sie die Begriffe auch immer wieder verwechseln. Mit vier Jahren können die meisten Kinder angeben, wann sie wieder Geburtstag haben. Sie wissen, wie oft sie noch schlafen müssen, bis die Oma zu Besuch kommt oder Weihnachten ist. Manche Kinder können bereits mit fünf oder sechs Jahren sagen, was die Uhr zeigt, doch sie verstehen noch nicht, was dies bedeutet. Zeit zu verstehen, abzuschätzen, voraus-

zusagen, wie lange etwas dauern wird und die Uhrzeit mit dem Tagesablauf in die richtige Beziehung zu setzen – das lernen Kinder erst viel später. Manchmal können dies sogar Erwachsene noch nicht besonders gut.

? Unsere dreieinhalbjährige Tocher ist ziemlich ungeduldig. Immer muss alles sofort geschehen, muss sie alles gleich haben. Wann lernt sie endlich, auch mal abzuwarten?

Sie ist jetzt eigentlich genau im richtigen Alter dafür. Da Kinder ja einen völlig anderen Umgang mit der Zeit haben als Erwachsene, fällt es ihnen auch sehr schwer, ihre Bedürfnisse zurückzustellen und zu warten. Spätestens im vierten Lebensjahr sind sie aber aufgrund ihrer Entwicklung langsam dazu in der Lage. Sie können das auch ein wenig mit ihr üben, indem Sie nicht sofort reagieren, wenn sie etwas möchte, sondern ihr sagen, dass sie ein klein wenig warten muss und ihr erklären, warum. Beachten Sie aber bitte, dass für ein kleines Kind fünf Minuten schon eine recht lange Zeit sind, denn es kann Zeitabschnitte noch nicht vorausschauend abschätzen. Im Lauf der nächsten Jahre wird aber die Fähigkeit,

eigene Bedürfnisse zurückzustecken und zu warten, immer größer. Auch bei der Geduld und beim Warten lernen Kinder – wie in allen anderen Bereichen – sehr intensiv von Vorbildern. Wenn es in Ihrer Familie immer „schnell, schnell" gehen muss, wird Ihre Tochter sicherlich ungeduldiger werden, als sie es wäre, wenn auch Sie mehr Zeit hätten und dies demonstrierten. Zur Geduldserziehung gehört es sicher auch, dass das Kind gelobt wird, wenn es auf etwas gewartet hat, und dass auch Mutter oder Vater warten, wenn das Kind etwas tun oder bringen soll. Wichtig ist ja bei dieser Entwicklung auch, dass ein Kind lernt, Prioritäten zu erkennen und auch selbst welche zu setzen. Sicher wird es dies so richtig erst sehr viel später im Leben können, doch jetzt wird bereits der Grundstein dafür gelegt. Um Prioritäten erkennen zu lernen – also Wichtiges von weniger Wichtigem zu unterscheiden – darf es nicht dazu kommen, dass ein Kind nur um des Gehorchens willen, oder weil Erwachsene bedeutsamer sind als Kinder, selbst Geduld haben muss, es selbst aber keine Geduld von Seiten der Erwachsenen erwarten kann.

? Unser Sohn, vier Jahre alt, spricht sehr viel, gern und eigentlich auch recht gut. Allerdings hapert es mit der Grammatik, sodass seine Sätze oft sehr komisch klingen.
Ist das bedenklich?

Nein, bis Kinder grammatisch richtig sprechen, vergeht einige Zeit. Meist dauert es sogar bis ins Schulalter. Im fünften Lebensjahr wird zuerst noch der Wortschatz vergrößert – mit Vorliebe nehmen Kinder jetzt auch Schimpfwörter auf oder Redewendungen, die ihnen gut gefallen, die sie aber zum Großteil noch gar nicht verstehen. Deshalb wirken sie in dem, was sie sagen, auch oft recht drollig. Bis zum sechsten Lebensjahr hat sich auch ein sehr großer passiver Wortschatz gebildet. Das Kind versteht viel mehr Wörter, als es selbst zum Sprechen aktiv verwendet. Die Sätze werden jetzt allmählich komplizierter, und kurz bevor das Kind sechs Jahre alt wird, spricht es dann grammatikalisch schon weit gehend korrekt, was sich im ersten Schuljahr dann noch weiter verbessert.

Tipp

Wenn Ihr Kind etwas falsch sagt, rügen Sie es nicht, verbessern Sie es aber auch nicht, denn sonst könnte es die Freude am Sprechen verlieren. Bemühen Sie sich aber, selbst möglichst korrekt mit Ihrem Kind zu sprechen. Dann hört es immer die richtige Version und wird diese ganz automatisch auch irgendwann anwenden.

? Seit einiger Zeit bietet mir meine Tochter, viereinhalb Jahre alt, ihre Mithilfe bei der Hausarbeit an. Sie möchte aber ihre Aufgaben alleine erledigen, ohne meine Hilfe.
Was kann ich ihr zumuten?

Das hängt ein wenig davon ab, wie sehr Ihre Tochter bereits bisher in Alltag und Haushalt eingebunden war. Was sie sicher kann, ist etwa beim Kochen etwas anrühren, ein Ei verquirlen, Zutaten abmessen und wiegen oder den Tisch decken und abräumen. Sie kann nach der Wäsche Socken zusammensuchen, Handtücher falten oder Wäschestücke sortieren.

Beim Saubermachen kann sie auch mal etwas aufkehren, im Bad putzen oder Staub wischen. Erwarten Sie aber keine perfekten Leistungen. Ihre Kleine muss das alles erst üben. Je mehr Vertrauen Sie jedoch in ihre Fähigkeiten haben, umso schneller und besser wird sie alles lernen.

Auch wenn im Moment vielleicht die Mithilfe Ihrer Tochter im Haushalt für Sie eher mehr, als weniger Arbeit bedeutet, so ist es doch für die Kleine gleich aus mehreren Gründen von großem Wert, dass sie Ihnen helfen darf.

Zum einen übt sie dabei nämlich jede Menge Fähigkeiten – von der Grobmotorik über die Koordination, das Denk- und Gedächtnisvermögen sowie den Gleichgewichtssinn bis hin zur Feinmotorik –, zum anderen bekommt zudem ihr Selbstbewusstsein mächtig Auftrieb, wenn Sie Ihr das Gefühl geben, dass ihre Arbeit nützlich ist, dass sie sie gut macht und dass sie gebraucht wird.

Außerdem erwirbt ihre Tochter dann jetzt schon Fähigkeiten, die sie später auf alle Fälle selbst braucht – nämlich Hausarbeit einzuschätzen und sie zu erledigen.

Schließlich hat es auch für Sie selbst einen unschätzbaren Vorteil, wenn Sie Ihre Tochter schon jetzt und in positiver Weise in die Hausarbeit einbeziehen: Später, wenn ihre Mitarbeit wirklich hilfreich und notwendig wird, ist ihr diese Hilfe und das Engagement selbstverständlich. Sie muss dann vermutlich weniger mühsam zur Mithilfe überredet werden, sondern sieht die Notwendigkeit der Zusammenarbeit leichter ein.

? Manchmal habe ich den Eindruck, unser Sohn, knapp fünf Jahre alt, langweilt sich beim Spielen. Vielleicht braucht er anderes Spielzeug. Was ist in seinem Alter für die Entwicklung günstig?

Am wichtigsten sind für Ihren Sohn jetzt Mitspieler, also andere Kinder, denn zu den Lieblingsspielen gehören in diesem Alter Spiele mit Regeln, Rollenspiele, Tobereien und Bewegungsspiele. Als Spielzeug eignet sich alles, was noch Raum für die Phantasie lässt, zum Beispiel Steck- und Bausysteme, alte Kleidung für Rollenspiele, Werkzeug, Bastel- und Malutensilien, Fahrzeuge sowie Brett- und Kartenspiele. Achten Sie beim Einkauf darauf, dass „fertige" Spiele auch von nur zwei Personen gespielt werden können, denn häufig sind sehr wahrscheinlich nur Sie oder ein anderes Kind „verfügbar".

? Unsere Zwillingsmädchen sind viereinhalb Jahre alt und sehr aufgeweckt und interessiert. Können wir sie schon ins Museum mitnehmen?

Sie können Ihre Kinder auf jeden Fall ins Museum mitnehmen. Damit es den Kleinen Spaß macht und Sie nicht gestresst werden, sollten Sie den Ausflug allerdings sehr kindgerecht planen. Das heißt: Suchen Sie ein Museum mit Exponaten oder Ausstellungen, die auch für Kinder interessant sind. Bloßes Durchgehen und Schauen ist Kindern meist zu wenig. Sie wollen aktiv sein, etwas berühren oder bewegen. Ist das nicht möglich, sollten Sie selbst

Kindermuseum

In vielen Städten gibt es spezielle Kindermuseen mit Ausstellungen, Aktionen und Programmen für Kinder und Jugendliche. Auch Museen für Erwachsene haben sehr oft spezielle Angebote für Kinder. Nachfragen lohnt sich!

für Aktivitäten sorgen. Sie können den beiden etwa einen kleinen Block und je einen oder zwei Stifte mitgeben, damit sie etwas abmalen können, oder Sie lassen sie in einem Raum die Schaukästen zählen. Wichtig ist, dass Sie den Interessen Ihrer Kinder nachgeben, also dort stehen bleiben, wo sie interessiert sind – auch wenn dies womöglich gar nicht zu der Ausstellung gehört – und da weitergehen, wo die beiden nicht stehen bleiben möchten. Auf diese Weise können Sie das generelle Interesse an Ausstellungen und Museen bei ihren Kindern wecken.

? Unser Sohn ist knapp fünf Jahre alt und interessiert sich sehr für unsere Brettspiele. Ich möchte ihn nicht überfordern. Kann er schon „Mensch ärgere dich nicht" oder „Mühle" lernen?

Eigentlich ist er noch ein wenig jung dafür, denn diese Spiele gelten erst ab einem Alter von sechs Jahren für geeignet. Doch es gibt Kinder, die schon früher diese Brettspiele spielen und das toll finden. Versuchen Sie es einfach einmal. Ihr Sohn muss in der Lage sein, Regeln zu verstehen und auch anzuwenden, und er muss verlieren können. Das dürfte ihm noch schwer fallen. Auf jeden Fall bringt es wenig, wenn Sie ihn um des lieben Friedens willen immer

gewinnen lassen, denn dann schätzt er sich am Ende selbst falsch ein und ist umso enttäuschter, wenn er später einmal gegen ein anderes Kind verliert. Stellt sich bei Ihrem Versuch heraus, dass Ihr Sohn doch noch etwas zu klein ist, packen Sie am besten die Spiele bald wieder weg. Schauen Sie sich einmal im Spielwarenhandel um, es gibt viele hübsche Brettspiele, die bereits für Kinder ab vier Jahren geeignet sind, und sicher machen einige davon auch Erwachsenen Spaß. Beliebt und geeignet sind beispielsweise Spiele wie „Die Kinder von Catan“ oder Kartenspiele wie „Lauras Stern – Kinder Solo“, „Jetzt geht’s los, kleiner Rabe“ oder „Kannst du die Monate?“. Weitere Spiele, die Spaß machen: „Animal Friends Jungle Party“, „Aquarium“, „Banana Express“, „Blinde Kuh“ (ein Spiel, bei dem es etwas zu fühlen gibt), „Bärenbande“ und natürlich alle „Memory“-Spiele.

? Am liebsten möchte unsere fünfjährige Tochter nur noch mit ihrer gleichaltrigen Freundin zusammen übernachten. Sollen wir Eltern da immer nachgeben?

Es gibt keinen Grund, die enge Freundschaft zwischen den beiden Mädchen zu unterbinden. Dass die beiden wechselseitig bei der jeweils anderen übernachten wollen, entspricht ihrer Entwicklung und ist positiv zu sehen, denn es heißt, dass beide schon in der Lage sind, sich auch etwas länger von zu Hause „abzunabeln“. Ob

Tipp

Vereinbaren Sie mit den anderen Eltern einen oder zwei feste Tage, an denen die Töchter wechselseitig miteinander übernachten dürfen. Oft bietet sich dafür das Wochenende an. Vorteil eines festen Termins: Es muss nicht jedesmal neu gefragt und diskutiert werden, ob es passt oder nicht.

Sie und die anderen Eltern dennoch den Wünschen Ihrer Töchter nachgeben können oder sollen, hängt von den Umständen ab. Wenn es etwa sehr umständlich ist, die Kinder hinzubringen oder abzuholen, ist eine Pause durchaus angebracht. Wenn Sie auch mal etwas im Rahmen der Familie, ohne ein „fremdes" Kind, unternehmen wollen, zum Beispiel am Wochenende, so müssen dies die Kinder ebenfalls akzeptieren. Damit kommen sie auch sicher zurecht, wenn sie wissen, dass ihre Eltern grundsätzlich nichts gegen das intensive Zusammensein einzuwenden haben. Oft lockern sich solche Freundschaften ganz rasch, wenn die Kinder zur Schule gehen, manchmal halten sie aber auch ein Leben lang.

Kapitel 3

? Bei uns im Haus wohnen drei Jungen zwischen vier und sechs Jahren. Sie spielen oft zusammen, die meiste Zeit aber Raufspiele. Dies ist zwar nie böse, trotzdem fühle ich mich nicht wohl dabei. Müssen Jungen wirklich so viel raufen?

Sie sollten sich nicht sorgen. Im Gegenteil: Heute haben Kinder ja kaum noch die Möglichkeit, spielerisch zu raufen, weil in der Regel sofort Erwachsene eingreifen und die Balgerei als bösartige

Aggression deuten. Tatsächlich haben aber kleine Kinder – und nicht nur Jungen – immer und überall großen Spaß an Raufspielen, Tobereien und Balgereien. Diese sind für die Entwicklung nicht unbedeutend. Die Kleinen nehmen dabei zueinander Kontakt auf, messen ihre Kräfte, lernen ihren Körper und den der anderen kennen. Sie lernen aber auch, trotz Balgerei den anderen nicht zu verletzen und wissen bald genau, wie weit sie gehen können, wie sie ihre Kräfte am besten einsetzen. Beim Balgen und Toben mit anderen kann überschüssige Energie abgebaut, ein ausgeprägtes Temperament gezügelt werden. Solange diese Raufspiele in einer friedlichen Atmosphäre stattfinden, gibt es also keinen Grund zur Sorge. Im Gegenteil, für die Kinder ist es optimal und ihrer Entwicklung dienlich, wenn sie sich auf diese Art austoben können.

? Beim Spielen will unsere viereinhalbjährige Tochter neuerdings immer erst die Regeln wissen. Gibt es keine Regeln, fängt sie gar nicht erst mit dem Spiel an, oder sie macht sich erst einmal eigene Regeln. Ist das normal?

Ja. Im fünften Lebensjahr bekommen Kinder großen Spaß an Regeln. Schlagen Sie Ihrer Tochter doch vor, selbst Regeln aufzustellen, wenn bei einem Spiel noch keine vorgegeben sind, oder mit ihren Spielkameraden gemeinsam Regeln auszuhandeln. Das macht nicht nur Spaß, sondern schult ganz nebenbei das Sozialverhalten. Regeln bedeuten, bei einem Spiel mit den Mit-

spielern auf ganz besondere Weise klarkommen. Werden Regeln selbst erdacht, muss man auch Kompromisse finden, Rücksichten nehmen, eigene Bedürfnisse durchsetzen, nachgeben oder fordern. Was Kinder dabei trainieren, ist soziale Kompetenz. Über diese müssen sie verfügen, wenn sie in den Kindergarten gehen, und natürlich später in der Schule sowie schließlich auch im Erwachsenenleben. Soziale Kompetenz benötigt ein Kind nicht nur zum Spielen mit anderen. Vielmehr braucht es diese Fähigkeit auch, um selbst in eine bereits bestehende Gruppe hineinzukommen. Soziologische Beobachtungen haben gezeigt, dass Kinder im Vorschulalter am besten dann in eine Gruppe aufgenommen werden, wenn es ihnen gelingt, eine gute Idee ins Spiel zu bringen.
Der Wunsch nach Spielregeln und das eigene Erfinden solcher Regeln hat also viele Vorteile für die Entwicklung Ihrer Tochter, denn sie lernt einerseits dabei, ihrem Leben und ihren Tätigkeiten Struktur zu geben, und andererseits erwirbt sie Fähigkeiten, die ihr das ganze Leben langen von Nutzen sein werden.

? Als kürzlich eine Freundin unserer fünfjährigen Tochter zu Besuch war, haben sich die beiden ins Schlafzimmer zurückgezogen und Kleidung von mir anprobiert. Was finden die nur so toll am Verkleiden?

Sich zu verkleiden, heißt in die Rolle eines anderen zu schlüpfen. Das ist das eine. Die Sachen von Erwachsenen anzuziehen heißt außerdem, auch einmal „groß“ zu sein. Es ist ganz typisch für Kinder im Alter Ihrer Tochter, dass sie sich gern verkleiden, denn Rollenspiele stehen jetzt hoch im Kurs. Damit werden gleichzeitig eigene Phantasien ausgelebt, Frustrationen abgearbeitet und Alltagsprobleme durchgespielt, oft dabei sogar bewältigt. Die Kinder spielen in unterschiedlichen sozialen Rollen – besonders beliebt sind Vater-Mutter-Kind-Spiele – unterschiedliche Verhaltensweisen durch und lernen so, sich selbst in ihr soziales Umfeld einzuordnen und Sozialverhalten einzuüben. In jedem Kinderzimmer sollte deshalb eine Verkleidungskiste stehen, in der abgelegte Sachen gesammelt werden, mit denen die Kinder sich verkleiden können: Schals, Jacken, Röcke, Hosen, Schuhe, Hüte, Stoffreste, Vorhänge, Tischdecken und Kissenbezüge – für ihre Rollenspiele, die noch weit bis ins Schulalter beliebt bleiben, können Kinder einfach alles gebrauchen.

Tipp

Vor allem Mädchen, aber auch viele Jungen mögen sich gern schminken, wenn sie sich verkleiden. Kaufen Sie ein paar billige Lippenstifte, ein wenig Rouge, Lidschatten oder Karnevalsschminke. Damit machen Sie Ihrem Nachwuchs eine große Freude. Aus hygienischen Gründen sollten die Kinder aber kein abgelegtes Schminkzeug bekommen.

? Unser Sohn ist im Moment furchtbar anstrengend, weil er immer so viel fragt. Er will einfach alles wissen, manchmal sogar mehr, als ich selbst weiß. Muss ich wirklich auf jede Frage antworten?

Für Ihren Sohn wäre das ganz toll. Klar, es ist anstrengend, wenn ein Kind unentwegt Fragen stellt, aber auf der anderen Seite können Sie sich auch darüber freuen: Ihr Sohn zeigt dadurch, dass er geistig schon sehr gut entwickelt und vor allem sehr lernbegierig und an seiner Umwelt interessiert ist. Deshalb sollte er auch auf jede Frage eine Antwort bekommen. Falls Sie keine Antwort wissen, sagen Sie ihm das ruhig. Vielleicht können Sie ja gemeinsam mit ihm nach einer Antwort suchen – im Internet, in einem Buch, oder Sie fragen Freunde, die es wissen könnten. Dabei lernt Ihr Sohn gleich, wie man sich Informationen beschaffen kann – später ist dies in der Schule sehr hilfreich. Im Buchhandel gibt eine ganze Reihe guter Kinderlexika, in denen Sie viele Antworten finden, die auch noch kindgerecht formuliert sind. Falls Sie nicht so viele Bücher anschaffen wollen: Es gibt in allen Städten und sehr vielen Gemeinden Leih-

Fragen

Falls Ihr Kind immer wieder die gleiche Frage stellt, wundern Sie sich nicht und vor allem ärgern Sie sich nicht. Das gehört dazu. Wie bei vielem anderen in der Entwicklung braucht ein Kind auch bei Informationen viele Wiederholungen, bis es sicher ist. Sie tun wirklich viel für die Entwicklung Ihres Kindes, wenn Sie ruhig bleiben und dieselbe Frage immer wieder ganz ruhig beantworten.

büchereien, in denen man auch für Kinder gegen geringe Gebühr (manchmal sogar kostenlos) interessante Bücher ausleihen kann.

? Kürzlich hörte ich, wie meine viereinhalbjährige Tochter ihrer Freundin „Du alte Schlampe" zurief. Ich bin ziemlich entsetzt, dass so kleine Kinder schon Schimpfwörter gebrauchen. Was kann ich dagegen tun?

Sagen Sie Ihrer Tochter klipp und klar, aber ohne Zorn oder Wut, dass dies ein Schimpfwort ist und dass Sie so ein Wort nicht hören wollen. Möglicherweise fragt Ihre Tochter, was Schimpfwörter eigentlich sind. Dann erklären Sie ihr, dass dies Wörter sind, mit denen ein anderer Menschen gekränkt werden soll und mit denen man ihm wehtut. Sie müssen nicht erschrecken, dass Ihre Tochter Schimpfwörter benutzt. Das ist in ihrem Alter völlig normal.

Die Kinder hören sie, erleben, dass man mit ihnen eine enorme Wirkung erzielen kann, und oft gefällt ihnen auch einfach der Klang oder sie finden das „Schmutzige" daran besonders aufregend. Sie meinen es in aller Regel aber überhaupt nicht böse, wenn sie ein Schimpfwort benutzen. Sie müssen erst lernen, was es damit auf sich hat.

? Seit einiger Zeit weigert sich unsere Tochter, knapp fünf Jahre alt, manchmal ziemlich unhöflich, Bekannten die Hand zu geben. Dabei haben wir sie von Anfang an zur Höflichkeit erzogen. Wie soll ich reagieren?

Reagieren Sie mit Geduld und Verständnis, wenn ihre Tochter jemanden nicht per Handschlag begrüßen möchte. Es entspricht zwar nicht ganz unseren Höflichkeitsregeln, aber – und das ist im Alter Ihrer Tochter viel wichtiger – das Kind muss selbst entscheiden dürfen, wie nahe es andere Personen an sich heranlässt. Nur wenn ein Kind von Anfang an die Erfahrung macht: „Ich bestimme ganz allein über meinen Körper", kann es genug Selbstvertrauen entwickeln, um sich – so gut es geht – vor unerwünschten Übergriffen zu schützen. Deshalb braucht Ihre Tochter erst einmal Ihre Unterstützung, wenn sie „Nein" sagt. So wichtig Höflichkeit und gutes Benehmen im Zusammenleben auch sind, die Selbstbestimmung über den eigenen Körper – und diese fängt für ein Kind beim Händeschütteln an – sollte wichtiger sein. Später, wenn das Kind verständiger geworden ist, lassen sich Selbstbestimmung und Höflichkeit in aller Regel wieder gut miteinander vereinbaren.

Tipp

Erklären Sie Omas, Tanten und Nachbarn, die sich über das „unhöfliche" Verhalten Ihrer Tochter beklagen, freundlich, dass Sie Ihr Kind selbst bestimmen lassen wollen, wem es die Hand gibt. Erwachsene tun dies ja auch. Die „Empörung" über solch moderne Erziehungsmethoden legt sich meist ganz schnell wieder, wenn man nicht lange darüber diskutiert.

Umgangsformen sind wieder „in“

Einwandfreie Manieren und gutes Benehmen erleichtern das Zusammenleben und den Umgang mit anderen Menschen. Das können auch schon kleine Kinder lernen. Wenn sie nicht gedrillt und gezwungen werden, ein bestimmtes Betragen an den Tag zu legen, macht es den meisten Kleinen sogar Spaß, sich im Umgang mit anderen „wie die feinen Großen“ zu verhalten.

In den späten 60er-Jahren ist als Reaktion auf Kriegs- und Nachkriegs-Disziplinierung der Benimmdrill in der Erziehung zu recht ziemlich aus der Mode gekommen, doch mittlerweile hat sich die Erkenntnis wieder durchgesetzt: Durch gutes Benehmen zeigt man seinen Mitmenschen Freundlichkeit, Respekt und Achtung – also alles, was man auch selbst gern entgegengebracht haben will.

Gutes Benehmen beginnt in der Familie. Kinder lernen durch Nachahmung und Vorbild der Eltern. Sagen Mutter und Vater „bitte“ und „danke“ zueinander und zu den Kindern, werden die Kleinen dies auch ganz selbstverständlich tun. Halten sich die Eltern beispielsweise gegenseitig die Tür auf, lernt dies auch das Kind. Bücken sich Erwachsene, wenn jemandem etwas auf den Boden fällt, gehört dies auch für Kinder dazu. Jemanden ausreden zu lassen gehört ebenso zum guten Ton wie bei Tisch nicht zu schmatzen und mit geschlossenem Mund zu kauen.

Erleben kleine Kinder dies alles bei ihren Eltern, muss man ihnen nicht mehr viel extra erklären. Sie werden es ihren Eltern einfach nachmachen.

Das Vorschulkind

? Kürzlich habe ich bei unserem Sohn, knapp sechs Jahre alt, einen wackeligen Schneidezahn bemerkt. Ist das nicht noch viel zu früh?

Nein. Gegen Ende des sechsten Lebensjahrs, also zum Schuleintritt, beginnen bei den meisten Kindern, die ersten Zähne zu wackeln. Der Wechsel beginnt in aller Regel mit den unteren mittleren Schneidezähnen, danach fallen die oberen aus. Übrigens wachsen in diesem Alter auch Zähne: Die ersten bleibenden Backenzähne, die so genannten Sechs-Jahres-Molaren, kommen jetzt durch oder sind schon da. Meist geht das ganz unbemerkt vonstatten. Spätestens jetzt ist für die bleibenden Zähne eine gründliche und zuverlässige Zahnpflege notwendig. Schließlich sollen diese Zähne ja ein ganzes Leben lang halten.

Zahnpflege

Die bleibenden Zähne benötigen eine Zahncreme, die mehr Fluorid enthält als Kinderzahnpasta. Mittlerweile gibt es auch „Juniorzahncremes“ für den Übergang. Sie enthalten mehr Fluorid, schmecken aber noch nicht so scharf wie Zahnpasta für Erwachsene. „Zahnputzmuffel“ kann man damit vielleicht zu besserer Pflege anregen.

Der Verein für Zahnhygiene e. V. (Feldbergstraße 40, 64293 Darmstadt, www.zahnhygiene-ev.de) empfiehlt Eltern, ihren Kindern so lange zumindest abends die Zähne von allen Seiten zu reinigen, bis sie selbst dazu in der Lage sind. Das ist, so Experten des Vereins, „erst erreicht, wenn das Grundschulkind flüssig Schreibschrift schreiben kann". Erst dann ist es feinmotorisch so weit entwickelt, dass es ihm gelingt, die Zähne optimal sauber zu halten. Trotzdem sollen Kinder auch möglichst früh schon selbst lernen und üben, die Zähne zu putzen. Bewährt hat sich dabei die „KAI-Methode" (Kauflächen, Außen, Innen), die Kinder besonders leicht lernen können:

- Mit der Bürste auf den Kauflächen der Zähne hin und her bürsten. Zuerst rechts unten, dann rechts oben, danach die linke Seite unten und oben.
- Nun die Außenflächen – darauf werden mit der Bürste Kreise „gemalt" (der Druck darf nur minimal sein, dafür lieber länger bürsten). Rechts hinten beginnen, nach vorn vorarbeiten. Dann von links hinten nach vorne. Am Ende die Zähne aufeinander beißen und die Schneidezähne bürsten.
- Zum Schluss die Innenflächen: Von hinten nach vorne, von „Rot" nach „Weiß", das heißt vom Zahnfleisch zum Zahn bürsten.

? Unsere Tochter kommt schon bald zur Schule. Sie kann aber immer noch nicht ihre Schuhe zubinden. Wann lernt sie es?

Meist tragen kleine Kinder ja heute Schuhe mit Klettverschlüssen, da ist es nicht notwendig, eine Schleife zu binden. Deshalb müssen Sie das mit ihr üben, falls es im Kindergarten nicht geprobt wird. Am besten gehen Sie so vor: Setzen Sie sich mit eigenen Schnürschuhen neben Ihre Tochter und binden Sie Ihre Schnürsenkel Schritt für Schritt, sodass Ihre Tochter jeden Schritt an ihren eigenen Schuhen nachvollziehen kann. Das klappt nicht auf Anhieb. Sagen Sie Ihrer Tochter, dass dies völlig normal ist und dass auch Sie selbst als Kind länger üben mussten, bis Sie es konnten. Dann wird sie nicht so leicht entmutigt. Manchmal hilft es auch, wenn die Mutter oder der Vater sich hinter das Kind hinkniet, seine Hände von hinten umfasst und so die Schleife gemeinsam mit dem Kind bindet. Meist ist aber die „Nebeneinander-Methode" einfacher. Falls Ihr Kind Linkshänder ist, Sie selbst aber Rechtshänder sind, dann sollten Sie zum Üben jemanden suchen, der ebenfalls Linkshänder ist.

? Bisher war unser Sohn immer eher ein wenig rundlich. In letzter Zeit ist er enorm gewachsen und dabei auch ziemlich dünn geworden. Dabei isst er wie gewohnt. Ist das alles noch normal?

Ja. Im sechsten Lebensjahr macht der Körper einen Gestaltwandel durch. Das Kleinkindhafte verschwindet jetzt endgültig. Das Kind schießt in die Höhe, nimmt gleichzeitig dabei aber in der Breite nicht zu. Der Kopfumfang wächst nur noch wenig, das Gesicht bekommt ausgeprägte Züge, die Nase tritt stärker hervor – ihre endgültige Form erhält sie aber erst in der Pubertät. Auch die Proportionen des Körpers verändern sich, die Taille wird deutlich, die ganze Gestalt streckt sich. Dadurch entsteht der Eindruck, dass das Kind dünner wird, Arme und Beine wirken jetzt sogar oft recht schlaksig. Die

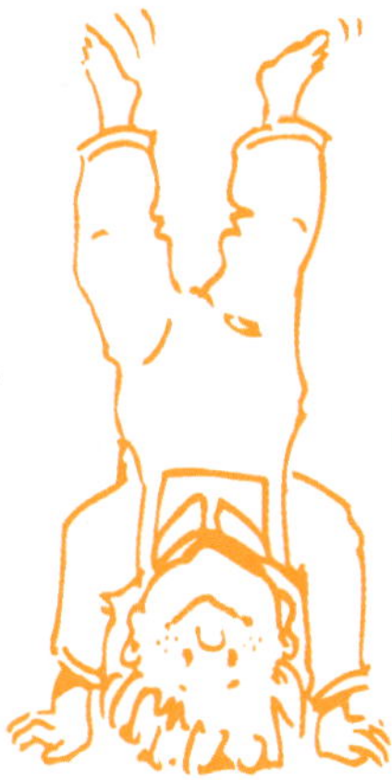

Größenunterschiede zwischen einzelnen Kindern können in diesem Alter enorm sein. Die Durchschnittsgröße liegt bei 115 Zentimetern, Abweichungen von neun Zentimetern nach oben und unten gelten aber durchaus als normal.

? Unser Sohn ist ein richtiger kleiner Tüftler und Bastler. Er schraubt, sägt, dreht winzige Schrauben und fädelt kleinste Perlen auf. Aber sollte er sich jetzt nicht schon mehr für Bücher interessieren?

Mit dem, was Ihr Sohn bei seinen Tüftelarbeiten macht, bereitet er sich sehr gut auf die Schule vor, denn er trainiert seine feinmotorischen Fähigkeiten. Die Geschicklichkeit der Hände verlangt eine umfassende Koordination zwischen Auge, Gehirn und Hand. Es ist also auch eine große geistige Leistung, feinmotorisch zu arbeiten. Wissenschaftler haben herausgefunden, dass eine gut entwickelte Feinmotorik eine sehr wichtige Voraussetzung fürs Sprechen und vor allem auch fürs Schreiben ist.

Natürlich kann es auf der anderen Seite auch nicht schaden, wenn Ihr Sohn sich mehr für Bücher interessiert. Sie können ja versuchen, ihn für ein bestimmtes Buch zu interessieren, aber Sie dürfen ihn dabei auf keinen Fall drängen oder unter Druck setzen. Interesse an Büchern bekommt Ihr Sohn, wenn Sie ihm vorlesen. Das sollen Sie natürlich nicht machen, wenn er gerade mit Tüfteleien oder mit anderen Dingen beschäftigt ist. Aber zum Beispiel der Abend, vor dem Schlafengehen, ist eine gute Gelegenheit, noch eine Geschichte vorzulesen oder gemeinsam ein Bilderbuch anzuschauen. Falls Ihr Sohn dabei nichts findet, was ihn wirklich fasziniert, können Sie ihm auch kindgerechte Comics anbieten. Mit Comics ist schon manches Kind zum begeisterten Leser geworden. Der Einstieg über die witzigen Bildergeschichten macht den meisten Kindern Freude, und oft kommt darüber dann auch der Spaß an „richtigen" Büchern.

? Meine Tochter treibt mich mit ihrer Fragerei zur Verzweiflung. Auf jede Antwort folgt ein „Warum?" Das geht immer so weiter. Was soll ich da noch sagen?

Die „Warum?"-Frageketten zeigen einen deutlichen Schritt nach vorne in der geistigen Entwicklung des Kindes. Bisher wollte es immer einfach etwas wissen, jetzt beginnt es aber damit, Neues gezielt zu hinterfragen. Das setzt ein viel weiter gehendes Verständnis voraus. Versuchen Sie also, möglichst gelassen zu bleiben und die Fragen zu beantworten, so gut es geht. Die ewige „Warum?"-Fragerei hat für das Kind noch einen zweiten Reiz: Es bleibt dadurch im Gespräch mit den Erwachsenen, kann sich unterhalten. Haben Sie also den Eindruck, es geht Ihrer Tochter

Erklärungen

Geben Sie Ihrem Kind jetzt viele Möglichkeiten, „hinter die Dinge" zu schauen. Das muss nicht nur im Gespräch sein, auch Sachen, die man zerlegen und untersuchen kann, sind sehr faszinierend, sei es ein alter Wecker, ein ausrangiertes Küchengerät, ein alter Turnschuh oder ein abgelegter Daunenanorak.

weniger um den Gegenstand ihrer Fragen als vielmehr darum, sich mit Ihnen zu unterhalten, können Sie das Gespräch auch ohne Frage-Antwort-Spiel weiterführen. Die „Warum?“-Endloskette lässt sich auch beenden, indem man mit einer Gegenfrage antwortet: „Was denkst du denn, warum das so sein könnte?“ Man kann dem Kind ebenso anbieten, sich gemeinsam eine Antwort zu erarbeiten: „Ich weiß es auch nicht, lass uns doch mal zusammen überlegen, was es sein könnte.“

? Unsere Tochter mischt sich neuerdings ständig in Erwachsenengespräche ein und versucht, sich in den Mittelpunkt zu stellen. Ich möchte sie nicht kränken, aber doch gegensteuern. Was kann ich tun?

Wichtig ist, dass Ihre Tochter die Rechte der anderen wahrnimmt und akzeptiert. Dies ist etwa auch das Recht von Erwachsenen, sich ungestört miteinander zu unterhalten. Ebenso wichtig ist aber auch, dass Sie Ihre Tochter nicht grob vor anderen Menschen zurechtweisen, denn das ist sehr kränkend und verletzend – nicht nur für ein Kind. In der aktuellen Situation sollten Sie sich deshalb aus dem Gespräch kurz ausklinken, mit Ihrer Tochter beiseite gehen und ihr erklären, dass Sie sich jetzt mit den anderen Erwachsenen allein unterhalten möchten. Sie können ihr eine Aufgabe geben („Kannst du inzwischen die Wäsche sortieren, im Bad das Waschbecken sauber machen?“) – am besten etwas, was sie sehr gerne macht. In einer ruhigen Minute, wenn Sie selbst nicht gerade mit anderen Leuten im Gespräch sind, sollten Sie noch einmal in aller Ruhe mit Ihrer Tochter darüber sprechen. Erklären Sie ihr, dass Sie sich manchmal nur mit Erwachsenen unterhalten wollen oder müssen. Sagen Sie ihr, dass auch Sie sich zurückziehen, wenn die Freundinnen Ihrer Tochter da sind, damit sie ungestört zusammen spielen können. Sie ist jetzt schon so weit, dass sie das verstehen kann. Je gelassener und liebevoller Sie dabei bleiben, umso weniger fühlt sich Ihre Tochter zurückgesetzt.

? Bisher war unser Sohn meist freundlich und einsichtig, wenn er mal etwas nicht durfte. Doch neuerdings wird er zornig, gibt patzige Antworten und schreit herum. Was ist bloß in ihn gefahren?

Im sechsten Lebensjahr haben Kinder bereits beachtliche Entwicklungsfortschritte gemacht. Sie sind körperlich sehr geschickt, denken komplex und kompliziert, haben einen enormen Wortschatz und sprechen beinahe wie Erwachsene, mit einem Wort: Sie sind schon recht selbstständig. Deshalb haben sie auch einen ausgeprägten Drang zu Eigenständigkeit und Freiheit. Sie neigen jedoch auch dazu, sich zu überschätzen, sie halten sich für noch viel fähiger, als sie eigentlich schon sind. Konflikte sind da vorprogrammiert, denn das Kind stößt natürlich zwangsläufig auf Grenzen und Widerstände. Wie schon einmal in seiner Entwicklung, während der ersten Autonomie- oder Trotzphase zwischen zwei und drei Jahren, leidet das Kind, wenn es auf die Grenzen seiner Fähigkeiten stößt – und wird wütend. Schlechte Laune, Trotzreaktionen und Herumschreien sind jetzt also meist keine Einzelprobleme, sondern die Folge einer ganz normalen Entwicklung, aber auch eine vorübergehende Phase. Mit diesem Wissen sollte es Ihnen leichter fallen, gelassen zu bleiben, wenn Ihr Sohn wieder einmal „ausflippt". Zeigen Sie ihm Verständnis für seine zornigen Gefühle, dann besteht nicht die Gefahr, sich auf einen Machtkampf einzulassen, bei dem beide Seiten nur verlieren können, Eltern und Kind.

? Wenn unser Sohn mit anderen Kindern spielt, höre ich zurzeit immer nur: „Ich bin der Anführer", oder:„Du musst tun, was ich sage". Oft gibt es dann Streit. Warum spielen die Kinder nicht mehr so nett zusammen wie früher?

Spiele bekommen in diesem Alter eine ganz neue soziale Komponente. Kinder spielen jetzt am allerliebsten in einer kleinen Gruppe. Meist suchen sie sich eine Aufgabe (zum Beispiel eine Lego-Stadt zu bauen), die dann in Teilaufgaben zerlegt wird, deren Erledigung man zwischen den einzelnen Mitgliedern verteilt. Oft ist einer dabei der Anführer, der die Arbeiten koordiniert, während sich die anderen ihm unterordnen und erledigen, was von ihnen

Tipp

Halten Sie sich aus Kinderstreitereien heraus. Erwachsene sollten nur dann eingreifen, wenn für ein Kind Gefahr droht.

erwartet wird. Am Ende freuen sich alle über die gemeinsame Leistung. Dass es bei der Verteilung der Rollen zu Reibereien kommen kann, ist völlig normal und zeigt nur, dass die Kinder etwa gleich stark sind. Beim nächsten gemeinsamen Spiel können die Rollen schon wieder völlig anders verteilt sein. Was für Erwachsene wie Streit klingt, sind meist nur notwendige Auseinandersetzungen, die zum Spiel gehören und ein wichtiges Training der sozialen Kompetenz, der Koordinationsfähigkeit und der Zusammenarbeit (Teamfähigkeit) darstellen.

? Während des ganzen ersten Kindergartenjahres hatte unsere Tochter eine beste Freundin. Seit ein paar Wochen ist es aus mit ihr, und jetzt hat sie beinahe jeden Tag eine andere beste Freundin. Wie kommt das?

Das ist völlig normal. In diesem Alter sind Freunde zwar sehr wichtig für ein Kind, doch die Anforderungen an einen Freund bestehen meist darin, dass der/die andere nett ist und sich beim Spielen gut anpasst. Das kann sich nicht nur von Tag zu Tag, sondern sogar von Stunde zu Stunde ändern. Kleine Kinder probieren Freundschaft ja erst aus. Die Bezeichnung „beste Freundin“ hat da noch einen ganz anderen Stellenwert. Zwei Kinder können heute eng und in tiefem

Einverständnis miteinander spielen, morgen schon zerstritten sein mit dem Versprechen, nie mehr miteinander zu spielen, und am dritten Tag sind sie dann wieder beste Freunde. Obwohl es durchaus Kinderfreundschaften gibt, die in der Sandkiste beginnen und ein Leben lang halten, so ist die Regel doch anders: Enge dauerhafte Freundschaften werden erst im Schulalter geschlossen. Dann hat das Kind auch meist nicht mehr viele beste Freunde, die es ständig wechselt, sondern nur einen, höchstens zwei.

? Neuerdings möchte unsere sechsjährige Tochter bei allem mitreden. Wird sie nicht gefragt, zum Beispiel, was wir am Nachmittag machen, dann möchte sie nicht mitmachen. Was soll das?

Da schießt Ihre Tochter ein wenig übers Ziel hinaus. Dass sie mitbestimmen will, entspricht ihrer Entwicklung, denn sie ist als Sechsjährige ja bereits recht selbstständig und fühlt sich vermutlich noch viel unabhängiger, als sie wirklich ist. Ihr Drang nach Selbstbestimmung ist offensichtlich stark ausgeprägt. Deshalb sollten Sie den Wunsch Ihrer Tochter nach Mitbestimmung respektieren und ihr dies auch sagen. Erklären Sie ihr aber darüber hinaus, dass sie nicht bei allem mitreden kann und dass es wenig Sinn macht, beleidigt zu sein, wenn nicht alles mit ihr vorher besprochen werden kann. Man kann in diesem Alter durchaus schon an die Einsicht und Vernunft des Kindes appellieren. Auch wenn ein Kind sehr selbstbewusst und eigenständig auftritt, so ist es doch wichtig, dass Sie Ihre Position als Eltern nicht verlassen, denn natürlich können Kinder in diesem Alter viele Entscheidungen nicht alleine treffen. Sie brauchen die Sicherheit und die Gewissheit, dass Mutter und Vater schützend hinter ihnen stehen. Je größer das Vertrauen zwischen Eltern und Kindern ist und je besser sich ein Kind emotional und auch sonst auf seine Eltern verlassen kann, um so „frecher“ oder „anspruchsvoller“ tritt es möglicherweise auf. Das tut es nicht, weil es undankbar ist oder die Eltern ärgern will, es testet vielmehr dabei die eigenen Möglichkeiten und Fähigkeiten aus – und entwickelt sich schließlich dadurch weiter.

Gerade für Eltern mit einem liberalen und liebevollen Erziehungsstil können deshalb solche Phasen gesteigerten Autonomiebestrebens bei ihrem Kind recht anstrengend werden. Das Kind wagt sich weit vor (schreien, toben, beleidigt sein), weil es die Sicherheit hat, dass es keine schwerwiegenden Sanktionen fürchten muss. Deshalb ist es umso wichtiger, dass Mütter und Väter liebevoll, aber konsequent die Grenzen zeigen und eindeutig festsetzen. Das gibt dem Kind Sicherheit und Orientierung.

? Unser Sohn ist fast sechs Jahre alt und freut sich schon sehr auf die Schule. Er zählt und rechnet viel und möchte unbedingt wissen, wie man schreibt. Darf ich ihm schon etwas beibringen?

Beantworten Sie Ihrem Sohn alle Fragen, die er hat. Will er wissen, wie man ein A schreibt, was ein bestimmter Schriftzug bedeutet oder wie sein Name geschrieben wird, so zeigen Sie ihm das ruhig.

Es wäre fatal, den Wissensdurst und den Spaß am Lernen jetzt zu bremsen. Die Sorgen mancher Eltern, dass ihr Kind sich in der Schule langweilen wird, wenn es vorher schon Lesen, Schreiben oder Rechnen kann, ist unbegründet. Das erste Schuljahr ist für ein Kind aufregend, sodass ihm sicherlich nicht so leicht langweilig wird. Tatsächlich können sehr viele Kinder am ersten Schultag bereits ihren Namen schreiben. Es spricht nichts dagegen, wenn Sie auch schon im letzten Jahr vor der Einschulung versuchen, Ihr Kind spielerisch für Zahlen oder Buchstaben zu interessieren. Was Sie jedoch nicht machen sollten: Drängen oder zwingen Sie Ihr Kind auf keinen Fall, Buchstaben oder Zahlen bereits vor der Schule zu lernen. Zeigt es jetzt nämlich noch kein Interesse dafür, ist dies auch vollkommen in Ordnung.

? Der innigste Wunsch unserer Tochter ist ein lebendiges Tier. Sie schwört, dass sie sich immer darum kümmern wird. Sollen wir nachgeben?

Ein Haustier ist etwas sehr Schönes für ein Kind. Zahlreiche Untersuchungen bestätigen immer wieder, dass Kinder, die mit Haustieren aufwachsen, viele Vorteile haben. Dennoch: Ein fünf- bis sechsjähriges Kind ist mit der alleinigen Verantwortung für ein Haustier überfordert, und dabei ist es egal, wie klein das Tier ist und wie wenig Pflege es benötigt. Deshalb sollten Sie Ihrer Tochter nur dann den Wunsch erfüllen, wenn die ganze Familie dahintersteht, das Tier also ein „Familientier“ wird, für das alle gemeinsam

Tipp

Falls ein Tierheim in Ihrer Nähe ist, können Sie mit Ihrem Kind eine Patenschaft für ein Heimtier übernehmen und es dort regelmäßig pflegen. Durch eine solche Erfahrung findet man oft schnell heraus, wie intensiv der Wunsch des Kindes wirklich ist und welches Tier sich am besten eignet.

zuständig sind. Haben Sie sich generell dazu entschlossen, ein Tier aufzunehmen, sollten Sie sich gemeinsam überlegen, welches Tier Sie haben wollen. Für Kinder nicht besonders gut geeignet sind zum Beispiel nachtaktive Tiere wie Mäuse oder Hamster. Wenn sie diese Tiere halbwegs artgerecht halten wollen, hat Ihr Kind nämlich wenig davon. Am besten informieren Sie sich im Vorfeld gründlich über die Kosten und den Pflegeaufwand, mit denen Sie rechnen müssen. Auskünfte darüber erhalten Sie in der entsprechenden Fachliteratur, beim Deutschen Tierschutzbund, in Zoohandlungen oder bei Züchtern.

Übrigens: Die Haltung von Kleintieren im Käfig kann vom Vermieter nicht verboten werden, die Anschaffung eines Hundes oder einer Katze hingegen muss man sich vorher vom Vermieter genehmigen lassen.

? Unser Nachbarjunge hat einen Kindercomputer. Jetzt wünscht sich auch unser fünfeinhalb Jahre alter Sohn einen. Ist das nicht noch viel zu früh?

Für die Entwicklung oder Förderung eines Kindes ist in den ersten sechs Lebensjahren kein Computer erforderlich. Andererseits wachsen Kinder heute mit Computern auf, sind diese Geräte in ihren unterschiedlichen Ausprägungen selbstverständlicher Bestandteil des Alltags geworden. Kinder können an Computern Konzentration, Koordination und schnelles Denken trainieren. Deshalb könnten Sie

Ihrem Sohn durchaus seinen Wunsch erfüllen. Wenn Sie ihm einen Computer kaufen, achten Sie aber bitte darauf, dass er nicht zu lange davorsitzt. Schauen Sie sich auch die Software gut an und überprüfen Sie die Spiele, mit denen er spielt. Ihr Sohn sollte keinen Zugang zum Internet haben, und vor allem: Der Computer soll in diesem Alter unbedingt nur ein Spiel unter vielen anderen sein und nicht das ganze Kinderleben bestimmen, insbesondere nicht die Bewegung an der frischen Luft verdrängen.

? Leider ist bei uns das Thema Fernsehen zum Streitthema angewachsen. Ich finde, eine halbe Stunde am Tag muss für eine Fünfjährige reichen. Meine Tochter will aber viel mehr. Was ist zu verantworten?

Fernsehen ist nicht nur in Ihrer Familie ein Streitthema, sondern auch unter Experten. In einem Punkt sind sich aber alle ziemlich

einig: Im Vorschulalter sollte die tägliche Fernsehdauer nicht länger als 30 Minuten am Tag betragen. Bis zum achten Lebensjahr sollte ein Schulkind dann weniger als eine Stunde täglich vor der „Flimmerkiste" zubringen. Diese Empfehlung wird in vielen Familien deutlich überschritten. Wie lange ein Kind jeden Tag vor dem Fernseher sitzt, hängt in hohem Maße von den Fernsehgewohnheiten der Eltern ab. Wenn das Gerät den ganzen Tag eingeschaltet ist, sehen natürlich auch die Kinder sehr viel fern. Wenn es hingegen in einer Familie spannende Alternativen gibt – zum Beispiel Freunde besuchen, mit den Eltern oder anderen Kindern spielen, Ausflüge machen, draußen herumtoben –, dann verliert der Fernseher viel von seiner Attraktivität, oft vergessen die Kinder ihn dann regelrecht. Erfahrungsgemäß liegt der Fernsehkonsum – über das ganze Jahr gerechnet – in der kalten und dunklen Jahreszeit etwas höher als in der wärmeren Jahreshälfte, wenn man länger draußen bleiben kann. Prüfen Sie einmal die Bedingungen in Ihrer Familie. Überlegen Sie auch, warum Ihre Tochter unbedingt mehr fernsehen will: Hat sie Langeweile? Will sie etwas lernen? Ist sie allein oder hat sie Freunde zum Spielen? Hatte sie einen aufregenden Tag und will vor dem Fernseher „abhängen"? Hat sie möglicherweise ungeklärte Probleme? Was es auch ist, verbieten Sie das Fernsehen nicht einfach, sondern setzen Sie sich mit Ihrer Tochter vor den Fernseher. Sprechen Sie mit ihr über das, was sie gesehen hat. Und versuchen Sie, ihr Alternativen anzubieten.

? Wenn unsere Tochter krank ist und nicht in den Kindergarten kann, wird es ihr daheim schnell furchtbar langweilig. Gibt es ruhige und dennoch interessante Spiele für eine knapp Sechsjährige?

Denken Sie sich zum Beispiel mit Ihrer Tochter Geschichten aus. Sie beginnen mit ein paar Sätzen, Ihre Tochter spinnt die Handlung weiter. Fällt ihr nichts mehr ein, erzählen Sie wieder weiter. Als Themen eignet sich alles, was Ihre Tochter im Alltag erlebt, aber auch reine Phantasiegeschichten machen vielen Kindern großen Spaß. Eine andere Möglichkeit, zu der Sie Bleistift und Papier benötigen: Zeichnen Sie eine Figur aufs Papier und lassen Sie Ihre Tochter eine Geschichte dazu erzählen. Damit es am Anfang leichter wird, fragen Sie: „Wer ist das?", „Wie heißt er oder sie?" oder „Was tut er oder sie?" Es kann natürlich auch ein Gegenstand sein, etwa ein Telefon oder ein Auto. Die Möglichkeiten sind unbegrenzt. Sehr viel Spaß macht auch das gute alte „Ich sehe was, was du nicht siehst." Man kann es auch erweitern, indem man nicht nur die Farbe des zu erratenden Gegenstandes nennt, sondern noch weitere Eigenschaften, zum Beispiel die Form, den Geschmack oder mögliche Bezugsquellen („man bekommt es auf dem Markt …").

Noch mehr Spiele für kranke Kinder

- Koffer packen: Das Kind soll sagen, was alles hinein gehört, zum Beispiel für den Urlaub am Meer, zum Skilaufen im Winter, wenn man als Arzt kranke Kinder besuchen muss, für eine Sängerin auf Tournee, für Papa auf Dienstreise usw.
- Was ist das? Kind und Mutter/Vater malen abwechselnd Gegenstände aufs Papier, der jeweils andere muss erraten, was es ist – möglichst schon nach den ersten Strichen.
- Knetmännchen: Mit Plastilin lassen sich die hübschesten Sachen kneten – zum Beispiel auch die Gegenstände, die in einer Koffer müssen (siehe oben). Kann das Kind nicht an den Tisch, kann es auch auf einem Tablett im Bett herrlich kneten.
- Kuller-Geduldspiel: In den Deckel eines Schuhkartons oder einer Käseschachtel schneidet man ein Loch. Dann wird eine Murmel hineingelegt und durch Bewegen des Deckels durch das Loch geschubst.
- Mit den Eltern zu singen macht kranken Kindern meist Spaß und fördert zudem die Atmung.

Hier ein paar Texte altbekannter Kinderlieder:

Alle meine Entchen

Alle meine Entchen, schwimmen auf dem See,
Köpfchen in das Wasser, Schwänzchen in die Höh'.
Alle meine Täubchen, gurren auf dem Dach,
Fliegt eins in die Lüfte, fliegen alle nach.
Alle meine Hühner, scharren in dem Stroh,
Finden sie ein Körnchen, sind sie alle froh.

A, B, C, die Katze lief im Schnee

A, B, C, die Katze lief im Schnee.
Und als sie dann nach Hause kam,
Da hat sie weiße Stiefel an.
Oh je, oh je, oh je, die Katze lief im Schnee.

Ringel, ringel, reihe

Ringel, ringel, reihe, sind wir Kinder dreie.
Sitzen unterm Hollerbusch,
Rufen alle husch, husch, husch.

Summ, summ, summ

Summ, summ, summ, Bienchen flieg herum.
Ei, wir tun dir nichts zuleide,
Flieg nur aus in Wald und Heide.
Summ, summ, summ, Bienchen summ herum.

Häschen in der Grube

Häschen in der Grube saß und schlief.
Armes Häschen, bist du krank,
dass du nicht mehr hüpfen kannst?
Häschen hüpf! Häschen hüpf!

Die Entwicklung im Überblick

Baby

- Das Kind wächst sehr schnell, verdoppelt in den ersten sechs Monaten sein Gewicht.
- Mit drei Monaten schaut es seine Hände an und lächelt, wenn die Mutter erscheint.
- Zwischen vier und sechs Monaten lernt es den Kopf zu heben, stützt sich in Bauchlage auf die Arme, beginnt zu greifen und nimmt Spielzeug von einer Hand in die andere. Es steckt alles in den Mund. Jetzt lacht es schon öfter mal richtig laut. Das Weinen wird sehr differenziert. Man kann nun auch sehr gut unterscheiden, ob es Hunger hat, ob ihm etwas wehtut oder ob es sich langweilt.
- Im siebten Monat spielt es mit den eigenen Füßen, dreht sich vom Rücken auf den Bauch, greift nach Spielzeug, mag Versteckspiele und interessiert sich intensiv für Spielzeug.
- Ab dem achten Monat bleibt es kurz sitzen, greift mit den Fin-gerspitzen, fängt an zu robben und beginnt damit, sich bereits an Möbeln hochzuziehen. Es „plappert“ gern und bildet Silbenketten.
- Zwischen zehntem und zwölftem Monat wird alle Aufmerksamkeit dem Laufenlernen geschenkt. Das Sitzen geht schon sehr gut, beim Greifen wird der Pinzettengriff vom Zangengriff abgelöst. Viele Kinder gehen mit einem Jahr bereits erste Schritte an der Hand und sprechen mit viel Begeisterung ihre ersten Ein-Wort-Sätze.

Kleinkind

- Im zweiten Lebensjahr lernen alle Kinder laufen und Treppen steigen. Sie klettern auf Stühle, essen mit dem Löffel und trinken aus der Tasse.
- Die geistige Entwicklung schreitet rasch voran. Das Kind kann „innen“ und „außen“ unterscheiden, Spielzeug nach Farben und Größen sortieren und lange Zeit (bis 20 Minuten) konzentriert spielen. Es spricht Zwei- und Drei-Wortsätze. Besonders beliebt sind jetzt Spiele, bei denen sich die Finger in Hohlräume stecken lassen, zum Beispiel Steckspiele, bei denen verschiedene Formen in genau ausgestanzte Öffnungen gesteckt werden müssen. Das macht den Kindern großen Spaß und schult zudem ihr Farben- und Formenverständnis sowie die Feinmotorik.
- Die rasante Entwicklung kann zu Zornausbrüchen führen. Viele Kinder wachen nachts wieder auf und wollen getröstet werden.
- Im dritten Lebensjahr lernen Kinder mit Besteck zu essen und Knöpfe zu öffnen und zu schließen. Sie klettern und springen, wollen mit anderen Kindern spielen, mögen Lieder und Verse und erzählen und fragen viel. Einfache Verse und Lieder lernen viele Kinder jetzt schon auswendig. Außerdem sprechen sie immer kompliziertere Sätze, manchmal sogar schon richtige Schachtelsätze. Der Wortschatz nimmt explosionsartig zu.
- Jetzt lernt das Kind, was „Ich“ bedeutet. Es entdeckt den eigenen Willen, probiert ihn aus und kann dabei sehr zornig und trotzig werden.

Kindergartenkind

- Im vierten Lebensjahr werden viele Kinder tagsüber trocken. Sie verlieren nach und nach ihr Baby-Aussehen. Klettern, Springen und Toben stehen bei vielen Kindern jetzt im Vordergrund. Sie sind schon sehr geschickt und bewegen sich gern auf Laufrädern vorwärts.
- Die Familie wird jetzt sehr interessant, das Kind verhält sich sozial und lernt, sich in andere hineinzuversetzen Es kann schon eine Weile warten oder eigene Bedürfnisse zugunsten anderer zurückstecken. Sprachlich wird es immer besser, es entdeckt zum Leidwesen der Eltern Schimpfwörter und liebt es, diese anzuwenden.
- Im fünften Lebensjahr lernen viele Kinder, auf Schlittschuhen oder Rollerblades zu fahren. Sie können gut balancieren und klettern, Nägel einschlagen und mit verschiedenen Verschlüssen geschickt umgehen. Kinder haben als Spielgefährten absolute Priorität. Spiele in Gruppen sind beliebt.
- Durchschnittlich wachsen Kinder im fünften Lebensjahr sechs Zentimeter. Die individuellen Unterschiede werden jetzt schon recht groß. So gelten sechs Zentimeter Größenunterschied nach oben und nach unten als normal.
- Hören, Riechen, Sehen, Schmecken und Tasten sind in diesem Alter schon sehr sensibel ausgeprägt. Auch der Gleichgewichtssinn ist meist gut entwickelt.
- Das Gedächtnis funktioniert so gut, dass Erwachsene kaum mithalten können. So wissen Vier- bis Fünfjährige meist genau den Wortlaut von öfter vorgelesenen Geschichten – und sind sehr ungehalten, wenn man diese variiert.

Vorschulkind

- Jetzt verliert das Kind nach und nach seine Kleinkindanmutung, der Körper streckt sich, die Gesichtszüge werden ausgeprägter. Rad fahren, exaktes auschneiden, sortieren oder auffädeln sind alles keine Probleme mehr. Zu Schulbeginn werden bereits die ersten Zähne locker.
- Die Durchschnittsgröße beträgt jetzt 115 Zentimeter, doch neun Zentimeter Abweichung nach oben und unten sind normal.
- Die meisten Kinder können jetzt schon richtig Rad fahren. Doch Achtung! Bis sie acht Jahre alt sind, müssen auf dem Gehsteig bleiben und dürfen nicht auf die Straße.
- Jetzt kennen sich Kinder auch schon ganz gut mit der Zeit aus. Sie wissen, welcher Tag gerade ist, interessieren sich auch für den Monat und das Jahr. Auch das Alter, das eigene sowie das von anderen, interessiert sie sehr. Ebenso verwandtschaftliche Zusammenhänge wie: „Ist Tante Annette eigentlich mit mir verwandt?"
- Die Sinne sind fast vollständig ausgereift. Sechsjährige hören und sehen fast wie Erwachsene. Allerdings ist ihre Wahrnehmung noch etwas anders.
- Vorschulkinder sind schon recht „vernünftig". Sie übernehmen gerne kleine Aufgaben sowie Verantwortung und können phantasievolle Geschichten erzählen. Sprachlich stimmt die Grammatik immer mehr. Die ersten engen Freundschaften werden jetzt geschlossen. Wutanfälle gehören wieder einmal zur normalen Entwicklung.

Wichtige Adressen

Krankes Kind:

Aktionskomitee Kind im Krankenhaus
Bundesverband
Postfach 940316, 60461 Frankfurt
www.akik.de

Stillen:

Arbeitsgemeinschaft freier Stillgruppen
Hotline (0,12 €/Min.) 0180-5-7845536 (STILLEN)
www.afs-stillen.de

La Leche Liga Deutschland e. V.
Dannenlamp 25, 32479 Hille
www.lalecheliga.de

Betreuung:

www.babysitter.de

Patenschaften-Aktiv e. V.
Amalienstr. 75, 80799 München
www.leihomas-leihopas.de

Förderung:

Verband deutscher Musikschulen
Plittersdorfer Str. 93, 53173 Bonn
www.musikschulen.de

Staatsinsitut für Frühpädagogik
Winzererstr. 9, 80797 München
www.ifp-bayern.de, www.familienhandbuch.de

Bundesarbeitsgemeinschaft katholischer Familienbildungsstätten BAG
Prinz Georg Str. 44, 40477 Düsseldorf
www.familienbildung-deutschland.de

Beratung:

Mütterzentren Bundesverband
Müggenkampstr. 30 a, 20257 Hamburg
www.muetterzentren-bv.de

Bundesweites kostenloses Elterntelefon: 0800/1110550
Bundesweite kostenlose „Nummer gegen Kummer“ für Kinder und Jugendliche: 0800/1110333
www.kinderundjugendtelefon.de

Weitere Unterstützung:

Elly Heuss-Knapp Stiftung

Müttergenesungswerk

Bergstr. 63, 10115 Berlin

www.muettergenesungswerk.de

BAG Familienerholung (KAFE)

Kolpingplatz 5–11, 50667 Köln

www.familienerholung.com

Kindernetzwerk e. V.

Hanauerstr. 15, 63739 Aschaffenburg

www.kindernetzwerk.de

Deutscher Caritasverband e. V.

Karlstr. 40, 79104 Freiburg, www.caritas.de

Diakonisches Werk der evangelischen Kirche

Stafflenbergstr. 76, 70184 Stuttgart

www.diakonie.de

Paritätischer Wohlfahrtsverband

Oranienburger Str. 13–14, 10178 Berlin

www.paritaet.org

Register